Alexia de Castro

Aunque pensé que era un mito de esos de los cuales no todos tienen conocimiento, después de mucho investigar llegué a concluir con sorpresa que este era verdad. Mis demás amigas que habían llegado de distintos países con el sueño de ganar dinero y con las que compartimos un departamento en Barcelona nunca habían mencionado nada al respecto. La Isla Shemale, un resort ubicado en Tailandia cuna de las Katoey, hermosas chicas que accedían a terapia hormonal desde pequeñas gracias a la apertura de la mentalidad budista hacían de ese país de hormonas playas el centro neurálgico mundial del turismo sexual focalizado en transexuales y travestis.

Ya haber llegado desde Colombia hasta Europa fue una odisea, ya que los sistemas de selección para acceder a un cuarto en el apartamento donde vivíamos y trabajábamos era exigente pues la clientela era de primer orden. Todas a la hora que querer postular debíamos someternos a un casting horroroso que exigía tener sexo con los dueños del negocio para demostrar si una era apta, pero para llegar hasta ese punto, donde una podía ser rechazada, había que enviar book de fotos, videos una biografía, video llamadas y cumplir ciertos requisitos. Ninguna chica transexual que no tuviera entre 18 y 22 años tenía opción de postular, lo que debía ser acreditado con los papeles respectivos.

Además, de ser guapas era excluyente el haberse realizado una reasignación sexual y se requería estar operada de los senos, tener papeles con nombre femenino más los informes médicos que certificaran tempranas terapias hormonales y el estar sanas de cualquier tipo de enfermedad. Esta demás decir que los pasajes se los debía costear una misma y que la dinámica de trabajo era las 24 horas de todos los días de la semana.

Condiciones duras, pero con grandes beneficios que hacían que valiera la pena, ya que una no sueña con ser prostituta, pero bajo las condiciones familiares de mi familia y la suerte que tuve de ser bella gracias a la aceptación más el apoyo de ellos por como quería ser parecía una buena forma de levantar económicamente a mis padres después de la gran crisis económica.

Eran casi 5.000 euros al mes por la exclusividad del local, con ganancias adicionales al temer un contrato de colaboración con una productora pornográfica y la posibilidad de conocer un hombre adinerado que se enamorara de una. Sin embargo, el trato era esclavizante por más lujos que tuvieran las instalaciones. Ya que la elite de la política, la economía y el futbol llegaba al lugar por el alto nivel de discreción que este mantenía.

Pero la Isla Shemale era otra cosa, un resort pensado en los hombres más ricos del mundo, que en la modalidad del lujo y el todo incluido sumaba a sus servicios el ser atendido sólo por shemales. Existiendo paquetes distintos para los turistas que depende de lo que pudieran gastar incluían una chica para los 7 días mínimos de estadía, la posibilidad de tener 2 o hasta 3 niñas como yo elegidas por catálogo y el plan más avanzado donde podías elegir la chica que quisieras cada día siempre llegando a un límite de tres. El lugar paradisiaco, al estar alejado de todo permitía el nudismo y las prácticas sexuales al aire libre, exigía hablar más de un idioma y mantenerse siempre sana, con estrictos controles de enfermedades de trasmisión sexual, ya que el pago incluía el sexo sin protección.

Era ser la geisha de quien te eligiera. Con una paga que podía llegar a los 20 mil euros al mes por las propinas más una vida de playa, fiestas y sexo. ¡Imaginen las exigencias para ingresar!

La competencia por un cupo ahí era dura ya que el país estaba lleno de Shemales hermosas, de ucranianas y las muchachas más hermosas del mundo, por suerte las latinas eran cotizadas bien, por lo que me anime a ir a una productora y hacer un video de presentación en inglés, a la semana me invitaban a viajar para probarme en el lugar, con todos los gastos pagados y un salario de 7 mil dólares por 15 días ya que una en el lugar debía probar cuanto valía, dependiendo mucho de ser elegida por los visitantes si no era un desastre y te entregaban tu ticket de regreso. Viajaba en cinco días y nadie sabía, tenía que ser cauta ya que me quedaba un año de contrato en España y había compromisos para dos películas pornográficas. ¡Increíble! Yo Alexia de Castro iba a ser parte del emprendimiento Shemale más lujoso del planeta.

Es complejo hacer un auto casting sabiendo que tu pasar y el de tu familia está en juego si llegas a tener éxito, la verdad mi familia había tenido un bues estatus económico antes de la crisis por lo que desde los 16 años el apoyo que me dieron mis padres fue fundamental pues tomar hormonas tan joven no es una decisión trivial, ya tenía 19 y gozaba de un hermoso cuerpo, la presentación era fundamental pues en un minuto una debía dejar claro que era una candidata óptima para una empresa basada en su prestigio, su discreción y seriedad. Ya que dentro de sus visitantes yo me imaginaba gente poderosa que no tiene interés de ser fotografiado para salir en los tabloides ventilando sus preferencias sexuales. Era prioritario ser simpática y concreta, ya que los clientes frecuentes recibían un video de las postulantes y ellos mismos realizaban una votación que era tomada realmente en cuenta por el resort de cinco estrellas.

Me gaste una buena cantidad de euros para enviar mi perfil, la productora era seria y trabajaba hace muchos años en la industria publicitaria, por lo que era un material técnico de primera calidad visual. Se arrendó una mansión con una piscina gigante por una mañana y yo sin nada de ropa debía llegar a causa el mayor impacto con mi metro setenta de estatura, mi pelo rubio y largo, mi delgado cuerpo con mis queridos senos de un tamaño natural que era armónico a mi figura.

Los hombres que recurren a chicas como una por lo general buscan que les realicen sexo anal o mamar un pene lindo, si no, buscarían mujeres, por lo mismo mostrar mi trasero grande firme por mis rutinas exigentes de elíptica y sentadillas que se veía más genial por mi pequeña cintura de 60 centímetros, era tan importante cómo regalar imágenes de mi pene de 19 centímetros flácido, pero también erecto por algunos segundos. Ya que debía ser un objeto de deseo, mientras me tocaba, jugueteaba dentro de la piscina o en los bordes de esta y con una sonrisa acompañada de una voz completamente femenina decía.

- Hola chicos, soy Alexia de Castro, una joven Colombiana divertida, cariñosa y muy fogosa. Mi pelo rubio y ojos miel naturales te cautivaran, al igual que mi boca y todo lo que te puedo hacer con ella. Si me elijes lo pasaremos de maravilla, te prometo que nos reiremos y gozaremos de un sexo caliente. Seré la mejor novia en tus paradisiacas vacaciones, desviviéndome porque cada segundo sea una aventura, así solo pensaras en volver para encontrarnos una vez más.

Luego aparecía comiendo golosinas coloridas de formas sugerentes, jugando con una pelota de playa e insertándome un pequeño y llamativo dildo color rosa mostrando en pleno cada milímetro de mi ano. Fueron horas de grabación profesional que se editados en solo un minuto final. El resultado me fascino y ocurrió lo mismo con los clientes que votaban que me eligieron la primera dentro de un ranking de cien chicas por lo que no lo podía creer, lo había logrado, ya estaba con el ticket en mi poder alcanzando a llegar a mi día de pago antes de partir. En mi habitación la maleta ya estaba lista, llena de hermosos bikinis, maquillajes, lencería, perfumes y sueños. Solo unos días más de trabajo en Europa para iniciar mi aventura en el maravilloso y ancestral sudeste asiático.

Últimos días en España.

- Ha, Ayy, Mmm, Señor Ministro, usted da unas mamadas increíbles, me encanta que disfrute tanto mi polla, me alaga ser su oasis de relajo con todo el trabajo que tiene en el gobierno. Sigue mi amor que lo estás haciendo realmente rico.

Un ministro del gobierno era mi cliente frecuente, un hombre acaudalado, famoso en el mundo político y que salía todos los días en la prensa.

Con sesenta años y de una línea política conservadora había votado en contra el matrimonio y la adopción homosexual, diciendo públicamente que las relaciones que no eran entre un hombre y una mujer eran una vulgaridad antinatural que debía ser erradicada. Sin embargo, cómo todos los jueves en la tarde estaba ahí, conmigo, chupando mi polla mejor que una puta, enajenado con mi verga erecta a la espera de ponerse de espaldas a mi para que cogiera su culo, ¿quién lo diría?

El implacable político de ultraderecha, religioso, casado y padre de seis hijos no podía pasar más de siete días sin que le den por el culo. Parecería una ironía, pero para nosotras era algo tan normal que ya no nos sorprendía, pues nuestros clientes hablaban y contaban más de la cuenta, por lo que doy fe que el 90% de ellos era casado y "felizmente casados". Pobres sus esposas, yo por lo menos creo que, aunque sea con una puta es poner los cuernos igual.

La destacada autoridad tenía sus pasiones ocultas al igual que todas las personas que me frecuentaban, no dejaba de ser divertido haberlo visto en una entrevista en vivo hace una hora en el canal noticioso más importante del país, para ahora tenerlo desnudo junto a mi rogando que le metiera mi verga en su culo, ese era mi trabajo por lo que era mi deber complacer a mis visitantes, ya había confianza entre nosotros por lo que deje que besara mi boca después de que sintió que era suficiente la mamada, sus besos eran libidinosos e iban acompañados de manoseos en mis tetas, mientras sólo y sin que yo se lo indicara, muerto de ser por sexo se ponía en cuatro patas en la cama, él no tenía mal físico, se cuidaba mucho a pesar de su edad, cuando una trabaja en la prostitución no siempre llegan clientes que pueden parecernos atractivos, yo quería una buena propina y comencé a usar mi lengua en su ano, ya que eso siempre lo enloquecía.

- Alexia, lo haces tan rico bebé, por eso eres mi preferida, eres la chica que más me conoce y eso me encanta.

Era verdad, ni su mujer conocía tanto cómo yo lo que a ese hombre poderoso lo hacía vibrar, por lo mismo seguí moviendo mi lengua introduciéndola un poco más hasta sentir sus gemidos, esa era la señal de que él estaba preparado, es impresionante ver cómo un orto ya penetrado de estar completamente cerrado se dilata con suma facilidad con un poco de estímulo, con las hormonas una va perdiendo la capacidad de la erección y no siempre resulta fácil ser activa cuando las preferencias que la mueven van por el otro carril, pero trabajo es trabajo, por lo mismo siempre me tomaba una pastilla de viagra antes de una atención, un cliente feliz da propina, recomienda o vuelve a ti. Quizás si ese hombre no hubiera estado casado y no fuera conocido me tendría cómo su novia, pero esos pensamientos son de un mundo paralelo, mientras observaba cómo levantaba su culo para mí con las piernas bien abiertas.

Me puse de rodillas justo atrás del mientras ponía gel para sexo anal en mis manos, debería asegurar su placer y que no sufriera tanto ya que mi pene es grueso.

Él ya estaba excitado al máximo, pero yo sabía que lo podía llevar aún más lejos, por lo que acerqué mi boca a su oído y dije las palabras que el ministro siempre había querido escuchar desde que sintió atracción por los hombres, ya me lo había confesado en una sesión anterior por lo que confiada podía dejar que salieran de mi boca.

- ¿Quieres ser mi putita?

Eso lo hizo arder, no lo podía evitar y en el fondo lo comprendía porque alguna vez yo también me sentí así.

- Sí Alexia, cariño mío quiero que me trates cómo una perra.

¿A cuántas personas gobernaba ese tipo? Pero conmigo él era sólo sumisión, quizás el exceso de poder genera la necesidad de entregarse en algunas oportunidades, más si tenía tan grandes responsabilidades en su vida, una es la vía de escape de esas perdonas por un par de horas, una salvación de sentirse vulnerables, quizás las putas existimos para hacerlos más humanos y sacarlos de sus vidas que parecen perfectas a la distancia pero que son simples fachadas de lo que les hubiera gustado ser.

- Ayyy

Ya se quejaba y aún no lo penetraba, solo estaba frotando mi polla en los bordes del abismo que era su culo justo al medio de sus nalgas pasando suave cómo una caricia la punta de mi miembro por su ano, eso lo enloquecía y elevaba más su trasero cómo suplicando que deje de jugar con él y me lo coja de una vez. Soy pasiva pero no reniego a que me gusta tener el poder cuando por trabajo debo funcionar cómo activa, quizás por eso dios me doto con un órgano tan grande y grueso, para dar paz a esos culos ansiosos. Yo gobernaba al poderoso, en un momento en que la más débil de la cadena se transforma en la cazadora.

No quise que el pobre esperara más y comencé a metérselo, moviéndome suave mientras el gemía con tono femenino, sin duda eso no lo podía hacer en casa y jamás se atrevería a confesárselo a la mujer que amaba, el tipo era correcto y no pongo en duda que lo que hago es una terapia para el alma. Por lo que el tono de sus gemidos y la más frecuente aparición de estos eran la mejor de las señales de que estaba realizando bien mi labor, él lo deseaba y estaba recibiendo, mientras sentía ajustados los límites de su orto gracias al grosor de mi miembro. Se sentía tibio dentro de él y lo mejor era que disfrutaba cómo en un recreo cuando uno va a la escuela, sin preocupaciones en su cabeza más que los aventones que daba con mi cintura para meterlo profundo, cada vez más raído, cada vez más fuerte. Los gemidos femeninos se iban transformando en gritos de una perra en celo, a más duro se lo metía su cuerpo más se contraía, siendo agradable observar cómo mi pene se perdía dentro de él, mientras con una de mis manos acariciaba suavemente sus testículos con aceite de masajes. Los detalles son importantes y siempre se agradecen, él quería ser hembra por lo que no quería cometer el error de tomar su verga con mis manos.

See un arma para el placer plantea múltiples desafíos ya que cada culo, cada verga, es decir, cada cliente es un universo distinto que se estimula de una forma particular, de ahí el error de muchas chicas que trabajaban conmigo, ellas hacían siempre las mismas cosas sin importar el cliente, yo los exploraba para asegurarme que lo que les daba era lo correcto, por eso siempre volvían, de ahí la razón de ser la más requerida del apartamento, ya que no caía en los cliché de decirle siempre lo mismo a cualquiera ya que una necesidad en particular necesita una solución personalizada, eso era lo que me hacía letal.

Pronto sus gemidos eran placenteros, su culo estaba disfrutando sin ningún dolor y el placer prostático se adueñaba de su ser, eso que yo ya estaba moviéndome fuerte, dándole nalgadas cómo si ella fuera la puta. Hay hombres que sueñan con ser putas en alguna reencarnación o sueño, el género masculino basa sus deseos sólo en la carne, leer libros de psicóloga en mi tiempo libre me habían ayudado a transformarme en la mejor de las amantes.

Es transpiraba y pronto eyaculo en las sábanas, por lo que disminuía el ritmo ya que hay que ser cuidadosa, los hombres no son multiorgásmicos y por lo general al correrse les desaparece el deseo mientras los invade la culpa. Por lo que fue un buen momento para sacar mi pene aun erecto y sentarme cerca de su rostro, él se veía rendido pero el amor que sentía por mi verga lo movilizaban, sacándome el condón para darse relajo mamándomela nuevamente, su travesura anal había terminado, pero mientras siguiera erecta él querría seguir hasta obtener el elixir que lo hacía sentirse joven y vital, ¡por dios!

Parecía chuparla mejor que yo. Mientras el Ministro mamaba yo acariciaba mi orto para acelerar el proceso, feliz me hubiera montado sobre él, pero no le gustaba ser activo y su pene estaba fuera de servicio. Él era dedicado cuando me hacía sexo oral, por lo mismo yo mostraba agradecimiento acariciando su rostro ya que era la etapa de las caricias.

El viagra me mantenía dura mucho rato y eso le permitía disfrutar de lo mucho que amaba chuparme, pero hasta una tiene sus límites, por lo mismo le avise que estaba a punto de tener una eyaculación que sentía iba a ser feroz y abundante, no sé qué me hizo ser tan lechera si realmente me gusta ser activa.

- Amorcito, voy a acabar, puedes dejar de mamar si quieres y tiro mi semen en tu pecho.

Él parecía no escucharme ya que estaba demasiado satisfecho con lo que estaba haciendo, gracias a dios yo me cuido y me hago todas las semanas el test de VIH, ojalá en mi ausencia el busque una chica que sea igual, ya que era demasiado buen tipo para contagiarse con algo, por lo mismo me daba confianza cuando me sacaba el condón, ya que tenía la certeza absoluta de que jamás le haría ningún daño, una conoce los riesgos de su trabajo y debe ser responsable.

Hasta que eyaculé, llenando su boca de semen, me encantaba ver cómo se saboreaba y se lo bebía todo para después pasar su lengua cómo quien disfruta de una manzana confitada, de seguro eso era yo para él, la manzana de la tentación y me gustaba serla.

Soy pasiva, pero eyacular es un placer que si una no disfrutará iría directo al quirófano a que le hagan una vagina, el Señor Ministro logró estremecerme. Luego se quedó tendido en la cama, relajado y suspirando.

- Alexia, pagare dos horas más para dormir un rato contigo, he tenido un día exigente y sabes que eres la única que me trae paz, te daré los mil euros que te regalo todos los meses sin que tus jefes sepan, te lo mereces mi amor, en otra vida hubiera sido feliz casándome contigo o siendo tu novio, por lo menos puedo tenerte de esta forma y ayudarte cómo puedo, sé que no me tratas como a cualquier cliente, me conoces demasiado y eso me hace sentir cosas contigo. Suena a locura, amo a mi familia y esposa, pero a veces pienso que estoy enamorado de ti, lo siento y es tan difícil vivir entre dos mundos con una disyuntiva tan grande.

Por muy puta que una sea yo me despierto pensando en hacer bien el trabajo que elegí para ayudar a mi familia y que mejor ratificación más allá que lo económico, realmente me gustaba oír de boca de mis clientes que los hacía sentir distintos, sin embargo, yo sentía que ese era mi deber.

Lograr que se enamoraran y sintieran especiales era lo que marcaba mi sello, siendo honesta y sincera en que lograba sentir afecto y cariño por mis clientes, retribuyendo siempre esas lindas palabras con un beso, después de todo el cariño es lo que nos mueve en la vida y no me gustaba verme sólo cómo un objeto para el sexo, no es malo sentir en una sociedad que te obliga a elegir tu sexualidad cómo quien elige un bando en una guerra. Es más lindo ser libres y dejar la culpa fuera. Ese don permitía que mis clientes me trataran bien y no cómo a las demás chicas que se las cogían o las trataban como animales.

A pesar de mi juventud mi inteligencia emocional y sabiduría me permitían ejercer de forma más digna el oficio más antiguo del mundo, ganando buen dinero y entregándole con ello un buen pasar a mis padres y hermanos menores, que sin mi esfuerzo no podrían gozar de la educación que mi cuerpo y mente lograban darles.

Una noche de muchos ceros, el Ministro se quedó dormido hasta el amanecer lo que hizo que la paga fuera buena, además, dormir abrazada por alguien que siente por ti es mejor y más cálido que hacerlo sola, la despedida fue tierna y la paga generosa. Una buena velada digna para cerrar mi estancia en tierras Europeas, un trabajo bien hecho y digno de recordar y ser contado.

Es verdad, la vida se vive en etapas y yo estaba cerrando una para embarcarme en una nueva aventura que me llevaría a lugares ancestrales y hasta la elite del mundo Shemale, créanme que son muy pocas las que en este oficio terminan bien o llegan a tocar las estrellas, por lo mismo me sentía una afortunada, si quieres lo que haces siempre la vida se encargara de darte una recompensa justa, cuidado eso si ya que eso no significa que tu paso por la tierra no involucre una dosis de sufrimiento y amargura. Ya que si hubiera nacido mujer cómo hubiera querido con mi astucia de seguro sería una profesional y llevaría una vida muy distinta, pero esas cosas no las decide una.

El Viaje

Pude salir sien que me detuvieran del apartamento donde trabajaba, en lugar de huir mentí diciendo que tenía a mis padres enfermos, yo siempre había cumplido y me dieron un mes de permiso en el cual reservarían mi puesto, después de todo, no era un mal trabajo y no tenía idea de cómo serían los resultados de mi periodo de prueba en la isla Shemale, sabía que los primeros quince días en ese lugar marcarían mi futuro, por lo que, con tan sólo una maleta, me movía en taxi directo hacia el aeropuerto internacional.

Por mucho que la sociedad haya evolucionado era terrible enfrentarse a los controles en los aeropuertos en los tiempos en que los papeles de una mostraban un nombre masculino y se veía cómo chica, eran tan incómodas las miradas de la gente, ser sometida a burlas he inspecciones abusivas por parte de la policía con el único objetivo de provocar humillación. Gracias a las presiones políticas realizadas por la comunidad LGTB esas cosas habían cambiado mucho con el paso de los años, ahora existía el matrimonio igualitario, la resignación de identidad y la adopción homoparental, un salto sideral a la realidad que tienen la mayoría de los países de Latinoamérica.

Veinte horas de vuelo incluidas las escalas para llegar hasta el Aeropuerto Internacional de Phuket, estaba nerviosa ya que todo podía ser una mentira y sola en un país repleto de gente, cultura y lenguaje distinto no era una opción para mis objetivos.

Pero pronto y después de buscar mi maleta llegué hasta la zona de recepción de pasajeros, donde una asiático con traje formal tenía un letrero con mi nombre, me acerque hacía él, recibiendo un saludo muy respetuoso de su parte que no iba acompañado de ninguna sonrisa, en el lugar habían dos chicas más, eran bellas, esbeltas y altas, un poco mayores que ya que deben haber bordeado los 22 años, sin embargo, mostraban una actitud fría y su dominio del inglés era pésimo, de verdad dejaban mucho que desear, pero a nivel de feminidad y hermosura eran rivales que generaban respeto, no podía confiarme, ya que en la invitación eran claros en indicar que sólo el 30% de las chicas que viajaban al periodo de prueba, salían airosas y podían asegurar un contrato inicial de 3 años en el lujoso resort.

Las Europeas ni siquiera me miraron ya que ven en las latinas a gente inferior o quizás una amenaza real para sus ambiciones, lo que no dejó de producirme malestar ya que dentro de nuestro trabajo siempre había vivido en un código de buen trato y estas chicas ni siquiera fueron capaces de saludar, era cómo si yo no existiera en su presencia.

Era increíble, el hombre de baja estatura nos llevó hacia la zona onde se encuentran los aeropuertos privados para ir hacía uno de los puertos de transporte turístico de Phuket un símil de las Vegas al ser el lugar turístico sexual más visitado por el comercio Shemale sexual o la búsqueda de una novia.

Pronto llegamos hasta una lancha que se notaba era costosa y el hombre nos invitó a subir hasta ella, el viaje hacia la isla demoró muy poco, llegando a las instalaciones del resort, que si bien no era tan inmenso cómo otros que yo conocía era tan lujoso cómo me habían dicho, siendo impresionante ver la cantidad de chicas y hombre que se encontraban temprano en la playa besándose o bebiendo alcohol, todos desnudos. Ahí me impaciente ya que las mujeres eran realmente intimidantes por su belleza sobre todo las orientales que había tenido la suerte de hacer su transformación a una temprana edad y en muchos casos financiada por el estado.

Seguimos a nuestro guía hasta una sala privada donde nos sentamos a esperar la llegada de una chica Transexual un poco mayor que nosotras, ella vestía con un traje ejecutivo y pude darme cuenta enseguida que era latina, es tan fácil reconocernos, ella era la jefa de recepción del lugar, quien nos daría las instrucciones para nuestra estadía y las normas en las cuales debíamos regirnos en el lugar. Fue concreta y nos saludó por nuestro nombre, para luego presentarse.

- Chicas, les doy la bienvenida a Isla Shemale, resort que nos enorgullece al ser el número uno, el primero y más reconocido en su clase, cómo ya se les aviso en sus correos han llegado a una etapa de prueba de quince días, durante ese tiempo las aspirantes no pueden pasearse completamente desnuda por el recinto, les pido que se desnuden ya que usaran sólo la parte baja de un bikini de color naranja, eso las destacará del resto ya que es el uniforme de las novatas que vienen a probarse en el lugar, sólo podrán sacárselo por la petición de un cliente y al estar acompañadas por el mismo, ahora deben entregarme sus pasaportes y maletas ya que nosotros les entregaremos las vestimentas e implementos que necesiten. Su pasaporte les será devuelto una vez que terminen su trabajo en el lugar. Mi nombre es Franchini de Souza y conmigo deberán derivar cualquier consulta que tengan, necesito que vean sus teléfonos celulares y certifiquen que acaba de realizarse el depósito por estos días en sus cuentas bancarias, después deben entregarme sus equipos ya que está estrictamente prohibido su uso por parte de las trabajadoras.

Nuestra guapa jefe también era una hermosa Shemale

- Somos un lugar de elite y su foco debe estar completamente puesto en la diversión y satisfacción de nuestros clientes, en un momento les harán los test de VIH y enfermedades venéreas, para su tranquilidad se realiza lo mismo con los visitantes ya que es parte de nuestra cultura el cuidado de la salud sexual pero al mismo tiempo el uso de preservativos no es una práctica aceptada en el lugar, las felicito a las tres, han tenido un muy buen casting y eso las tiene aquí, sin embargo, las condiciones en que partirá cada una de ustedes es distinta. Anikka, tú e Irina partirán la jornada trabajando en el sitio de entretenimiento común, ya que tuvieron buen ranking pero no fueron preseleccionadas por ninguno de los visitantes, para su tranquilidad el 50% de los turistas llegan sin una elección fija y en la zona de entretenimiento eligen a su chica o a la cantidad de chicas por las que pagaron con su paquete turístico, además, hay algunos de ellos que tienen la opción de hacer cambio de acompañante en forma diaria y ese es el lugar donde seleccionan a su pareja del día. Alexia, tú fuiste elegido por Nikolay Sokolov, un magnate del petróleo que es uno de nuestros mejores clientes, te felicito ya que es un avance para tu primera día de llegada, eso no quita que debas usar el uniforme de novata en su ausencia, él te pidió por la semana de su estadía, está de más decir que él es algo rudo y dominante, tu función es hacerlo feliz. Muchachas ante cualquier hecho de violencia física deben reportármelo ya que ese tipo de actos está prohibido para nuestros pasajeros, ahora serán llevadas a una habitación transitoria, la que será utilizada por Anikka e Irina hasta ser elegidas por un huésped. En tu caso Alexia es para que te duches y esperes hasta que estén los exámenes físicos para luego ser presentada a tu pareja de esta semana. Éxito y salgan a vivir su fantasía.

Pronto llegó una enfermera que nos tomó muestras de sangre y personal de servicio para conducirnos hasta las pequeñas pero cómodas habitaciones transitorias, el baño de esta estaba lleno de perfumes de las mejores marcas y accesorios de oro cómo brazaletes para las muñecas y tobillos, piercing para distintas partes del cuerpo y una selección enorme de aretes de lujo.

Lo que más me impresionó fue la cantidad de maquillaje, daban ganas de llevárselo todo. La espera no dejaba de poner nerviosa, lo mismo con el retiro de mi pasaporte, pero había partido bien ya que me había elegido un turista y podría comenzar pronto a utilizar mis encantos para quedarme definitivamente en el hermoso lugar. Después de tres horas me entregaron los resultados de mis exámenes y me llevaron hasta la playa donde estaba Nikolay, tomando sol completamente desnudo.

El hombre de casi 45 años era atractivo, tenía un cuerpo trabajado por el gimnasio, con pelo negro pero unos ojos azules cautivadores me fijen en su verga y sabía que me daría trabajo ya que era muy dotado, cuando me vio llegar me saludo con un beso en la boca utilizando inmediatamente su lengua y mirando mi rostro y mis senos, sin sacarme la parte baja del bikini.

La playa estaba llena de camas blancas y ya se podían sentir los gemidos de chicas que estaban teniendo sexo y a otros hermosuras jugando cómo niñas en la playa y en la arena, la verdad era un paraíso.

La elegida

- Buenos días Alexia, soy Nikolay y la verdad me encantó tu video, sin embargo, eras más hermosa en persona, tiéndete junto a mí, no tengas miedo, las chicas de naranja suelen ser asustadizas, eso las hace más encantadoras, te vez más joven de lo que muestra tu edad, hace mucho que no estaba con una chica de 19, te aseguro que será una semana que no olvidaras, serás mi esposa en este lugar.

Le sonreí coqueta y arriesgada acaricie su cara para tenderme juguetona junto a él, con mis senos al aire y con cara de niña tierna, el inmediatamente comenzó a besar mi boca mientras mostraba su felicidad por mi llegada, me di cuenta que era activo, ya que nunca tocó o mito mi verga, si lo hacía con mis tetas y culos que manoseaba tranquilamente, primera vez que veía tanta libertad sexual en una playa, por lo que miraba a mi alrededor para luego fijar mi mirada en sus ojos azules.

- Gracias por elegirme Señor Nikolay, mi único deseo es que usted la pase bien junto a mí, no dude en decirme lo que gusta y yo encantada me encargaré de darle solo cosas agradables, quiero que terminada la semana sólo piense en volver o extender su estadía para volver a estar juntos.

El hombre sonrió, me veía segura y amable, mostrándose excitado ya que su pene se pudo duro mientras conversábamos y yo se lo acariciaba, luego me pidió ponerme tendida dándole la espalda en la cama de playa y comenzó a ponerme bloqueador solar mientras se ponía de rodillas sobre mis nalgas, el me hacía masajes y me besaba como si fuera su novia, mientras observaba en mi nueva posición cómo una hermosa chica Tailandesa chupaba el pene de alguien que parecía ser alemán.

- ¿Es un paraíso o no? Alexia mi consejo es que disfrutes de verdad este lugar si quieres ser parte del staff fijo, mira las chicas, son felices aquí y disfrutan del sexo, aprovecha tu oportunidad pequeñita ya que eres hermosa. Por favor dime Nikolay durante esta semana.

- Te lo agradezco Nikolay, tu masaje está muy rico.

El hombre pidió dos tragos de vodka con licores de berries, mientras comenzaba a sacarme en la parte baja del bikini cómo decía la norma, para luego ponerse sobre mí y comenzar a introducir su pene en mi ano, era tan grueso, pero él se mostraba tan seguro que era agradable ya que no era cómo los clientes culposos que atendía en España. No era bruto e iba suave con mi culo, con esa vista a las palmeras y el mar desnuda con un hombre guapo en el mar ese momento no parecía trabajo.

- Es pequeño tu orto por dentro mi pequeña, eso me encanta, te aviso que solo soy activo, por lo mismo no esperes que muestre interés en tu pene ya que no me agrada tocarlo ni chuparlo, menos que me cojan, pero metértelo a ti esta de lo mejor, eres hermosa y tu culo es impresionante, haces buena imagen a Colombia.

Nikolay no paraba de follarme, profundo y relajado, mientras yo levantaba mi culo al mismo tiempo igualando su ritmo para que él viera que yo en lo sexual era participativa, lo que lo hacía mantener el ritmo suave mientras con los dedos de mis manos abría mis nalgas mostrando sumisión hacía él.

- Haces bien cariño, que te muevas y muestres interés, un punto para ti, a que informo a tu supervisora de tu actuar, estas calentita por dentro realmente estrecha, yo tengo una buena polla y te aseguro que hace rato no sentía tanto placer por un orto tan suave.

- Tú te mueves muy rico Nikolay, ¿Qué locura es como si estuviera con un novio en la playa? Tu pene se siente agradable a pesar de ser grueso y largo, me abres mucho, pero te mueves cómo alguien que realmente sabe y gusta de lo que hace. Ayy cariño no te detengas por favor.

No eran simple halagos para quedar bien y Nikolay pudo notarlo, por lo que siguió encajándomelo más fuerte, mientras yo me ponía en cuatro patas y me ponía a gemir suave con mi voz de mujer, de hecho, me encanta mi voz. Ya que hay chicas muy hermosas que hablan como hombres y eso a muchos les mata toda la pasión.

En la playa había un dron que filmaba a las chicas en cada momento, ya que había ciertos clientes que querían llevarse el recuerdo de cada momento en 4K e incluso autorizaban las escenas para ser vendidas a productoras pornográficas, recibiendo dinero por sus vacaciones, instancia que igual era rentable para una al participar de las ganancias, sin saberlo, Nikolay era uno de ellos y por lo mismo viajaba tan frecuentemente al resort, ¡increíble! El hombre conseguí no solo tener vacaciones sexuales gratis, además ganaba mucho dinero por las mismas, por lo que era un buen profesor para aprender a moverme en ese mundo y ser exitosa.

- Ya llego el dron Alexia, estás de suerte, lo estás haciendo muy bien ya que tu culo es hermoso y te mueves cómo una diosa, ahora nos filaran y saldrás en tu primera película, eso es dinero y puntaje pare ser elegida en el staff.

- Sin ti no sería posible Nikolay, ¿puedo chuparlo y beber tu semen para que salga en cámara una escena de cum?

La idea le encantó a mi hombre de esa semana, el me ayudaría a quedarme en el lugar, por lo mismo me giro y fue el quien de lado haciendo una cruz conmigo en la cama, puso su verga en mi boca de una manera en que las cámaras pudieran hacer un zoom que se viera bien, y comenzó a coger mi boca energéticamente.

- A todos les gusta ver una porno en que se folla una boca mi amor, intenta no atorarte ni hacer arcadas.

Nikolay me lo metía tan profundo, que mi garganta no daba abasto, era difícil no tener arcadas, además se movía rápido lo que dificultaba respirar, pero comencé a mover mi cabeza y lengua, por lo que con su mirada me regalo un gesto de que estaba haciendo lo correcto, mientras el dron bajaba más interesado en la escena de sexo oral que estábamos realizando.

Cuando eyaculó, fue tanto su semen, que me salía por los bordes de mis labios, por lo que mire al dron abriendo la boca y mostrando que la misma estaba llena de leche fresca para posteriormente tragar y pasar mi lengua por mis labios, como quien disfruta su comida preferida, el hombre sonrió y comenzó a besarme a pesar de estar llena de su semen en mi boca.

- Lo has hecho estupendo cariño, lograste llamar la atención de las cámaras de una forma que no consiguen ni chicas del staff, serán una estrella del porno mi amor, sírvete de tu trago y de ahí vamos a divertirnos a la playa, el agua es exquisita en este lugar.

En pocos momentos estábamos en el agua jugando felices, eran casi vacaciones, el me abrazaba y levantaba para luego tirarme en las olas mientras reía, mientras con nuestras manos nos tirábamos agua jugando cómo niños, era un extraordinario primer día, mucho mejor que lo que esperaba, luego volvimos a la cama de playa y yo seque su cuerpo preocupada de que estuviera cómodo para posteriormente comenzar a poner bloqueador solar en su cuerpo sin que me lo pidiera para cuidar de él, comportándome cómo una novia abnegada, ya que así el sentía mi naturalidad, el no dijo nada pero con sus ojos me demostraba que estaba satisfecho. Luego nos tendimos en la cama, él se puso a tomar sol en su espalda y yo me puse de rodillas y de lado junto a él para comenzar a hacerle masajes, mientras le daba besos en su espalda y sus hombros. Eso lo hizo dormir y a pesar del calor me acerqué al él, también estaba agotada por el vuelo, por lo que abrazada dormí junto al hombre que me había elegido para disfrutar de su descanso.

Sin darme cuenta de que ya había chicas que me miraban con algo de odiosidad.

Pero, aunque me hubiera percatado eso no debía ser un problema para mí, vive tu vida que yo viviré la mía, la gente amargada que enferme su alma, yo prefería disfrutar el momento y ser feliz. Ese hombre recibiría el trato de una esposa abnegada e insaciable por una semana, pero además recibiría cuidados y amor, así era cómo yo veía la vida por lo que no era algo nuevo.

Después de una hora nos despertamos abrazados, la verdad fue él quien se despertó y logro revivirme con un cariñoso beso en la boca, me tomó de la mano y me llevó hasta su habitación, la cual era de ensueño, con detalles hermosos, una cama inmensa y un Jacuzzi gigante justo al lado de ella, el techo era de espejo y había cámaras de grabación por todos lados, mientras Nikolay miraba una Tablet que tenía sobre su cama y sonreía.

- Bebé, llegó un correo de la administración, cinco mil dólares por cada uno si aceptó que se ceda el video de la playa a la productora, obviamente ya acepté, feliz primer día belleza, ven a meterte al Jacuzzi conmigo.

Era increíble, estaba haciendo dinero casi de inmediato, por lo mismo feliz salte de alegría, riendo y abrazando del cuello a Nikolay, mientras el me besaba casi cómo un hombre enamorado y yo hacía lo mismo. Para entrar al Jacuzzi con él y abrazarme a su pecho tiernamente. Hace mucho no recibía tantos besos de un hombre mientras yo acariciaba su pene con suavidad ya que no quería excederme.

- Mi niña, tranquila, lo estas masturbando rico, tus labios son encantadores, besas cómo una chica enamorada y eso me encanta, no eres cómo las otras que parecen putas de doscientos dólares, mecánicas y predecibles, realmente elegí bien y eso me tiene contento. ¿Tú estás contenta?

- Feliz amor, me has hecho sentir cómo una diosa, eres cariñoso, guapo y tan sexual, quiero que la semana pase lenta ya que me encanta tu forma de ser, no eres de esos hombres que la aman a una y después andan avergonzados o culposos, de verdad que todo lo que hago es natural.

- Eso se nota cariño, no fuerzas los momentos ni finges, eso me hace sentirme cómodo, ya que me cargan las pendejas mecánicas, ahí la verdad las trato cómo putas y las cojo cómo lo merecen, jaja, aceptó que me gusta ser malvado con ellas, sin embargo, contigo es distinto, es agradable estar abrazados aquí tan cariñosamente cómo si fuéramos novios de años o recién casados, eres mágica y tienes un ángel que trasmites en el ambiente. No dejes que este lugar cambie eso en ti, ya que es lo que te hace estupenda.

- Es difícil que cambie querido, soy así y eso puede ser bueno o malo, si estoy con alguien me gusta pensar que es quien amo, así se hacen más lindos los días y doy dignidad a lo que hago, no solo para mí, también para quien me acompaña, todo ser merece lo mejor.

- Wow Alexia, pareces nacida en Bali para ser latina, tienes una visión muy budista de la existencia y de la relación con el otro, veo que el destino te ha traído al lugar correcto, no te diré las típicas cosas cómo que me encantaría casarme contigo, ya que esas estupideces son las que dicen y declaran los hombres casados que reprimidos le juran amor eterno a la primera chica que por lo general se los mete. Para mí las relaciones se construyen con el tiempo, me gusta cómo piensas y creo que podemos llegar a tener una linda amistad, tienes tus valores claros, aparentemente necesitas el dinero, pero no enloqueces por él, eso es extraño en una prostituta.

Franchini de Souza no conocía bien al Ruso, o mejor dicho, sólo conocía una cara de él ya que podía ser el más encantador del mundo, por lo mismo comencé a besarlo en la boca y me senté sobre su verga dura, acomodándola hasta que su cabeza quedo en la perfección perfecta alineada con mi ano, luego de un beso le regale una sonrisa y comencé a bajar mi cadera suavemente, manejando la penetración lo que sacó un quejido inesperado del musculoso hombre, lo había sorprendido y me movía suave, mientras con mis manos acariciaba mis senos para que él se animará a chupármelos, que fue justamente lo que hizo, el pene era largo pero deliciosos, realmente cabalgarlo era riquísimo, riendo cuando llegue hasta el fondo y sentí sus bolas entre mis nalgas.

- Nikolay, estas completamente dentro de mí, quieres que me quede quieta y abrazadita a ti un rato mientras nos besamos, ambos sin modernos, yo sólo iré apretando y soltando mi trasero, eso masajeara tu polla, ¿Lo has hecho?

- La verdad nunca bebé.

Yo estaba con su pene completo en mi ano, sentada frente a él dentro de la tibia agua del Jacuzzi con mis piernas cruzadas a su espalda sobre la altura de mi trasero para cabalgar mejor y con mis brazos en su cuello. Ambos inmóviles y fundidos sin un pedazo de látex que impidiera que disfrutemos el roce de nuestra piel. En ese momento comencé a apretar y soltar mi ano, Nikolay estaba excitadísimo e hizo caso en no moverse mientras lo besaba en la boca y con mi lengua acariciaba la suya, más que un momento sexual parecía un encuentro amoroso. Fueron veinte minutos sentada sobre el acariciándonos y besándonos.

- Alexia, eres maravillosa, bella y me fascinas.

Fueron las últimas palabra del hombre que no aguantó más un placer nuevo para él sintiendo cómo llenaba mi culo de leche y llegábamos al orgasmo al mismo tiempo, luego nos duchamos y lave su pelo, el hizo lo mismo conmigo, el eligió un vestido blanco para que me vista para la cena, una pulsera de oro para mi muñeca derecha y otra para mi tobillo izquierdo, no quiso que me maquillara ya que decía que era más hermosa al natural. Me tomo de la mano y fuimos hasta el restaurant más gourmet, nos reímos y nos acariciábamos las manos y nos besábamos, mientras en pasillos o lugares habilitados podíamos ver orgías de los hombres que iban con deseos un poco más lujuriosos, fue impresionante ver a las chicas rusas en una cama con cinco hombre sobre ellas follándolas cómo simples putas, mientras yo iba de la mano cómo una novia.

Tarde o temprano me podría tocar eso a mí por lo cual no les desee mal, todo lo contrario, eso le llamó la atención a Nikolay que yo fuera tan positiva al pensar en la gente.

Esa noche era día de baile y nos animamos a bailar en el concurso, salimos segundos recibiendo muchos aplausos, el objetico no era ganar, era disfrutar, por lo que nos divertimos mucho para tomarnos unas copas y luego ir a la habitación, fue lindo ver la cama con pétalos de rosa a petición de Nikolay, ya habíamos bebido muyo y sólo le bastó soltar las tiras de mi vestido para quedar desnuda, él se sacó la ropa y se puso sobre mí, la verdad no sería una maratón sexual ya que levanto mis piernas y las puso en sus hombros para no dejar de besarme y mirarme mientras me hacía el amor, era la penetración más profunda, pero estuvo hermosa llegando nuevamente juntos al orgasmo para luego besarnos.

En me acaricio el pelo hasta quedarme dormida, luego me abrazó por la espalda con una ternura conmovedora, esa noche fue linda y el primer día mejor que lo que podría haber soñado, al otro día nos enteraríamos que a nuestras cuentas llegaban 5 mil dólares más por la cena, el baile y el cierre de noche romántico, Estábamos causando furor con la productora, sin embargo, lo que hacíamos no estaba siendo comercial, realmente estábamos amándonos y sólo era el primer día.

Un nuevo amanecer

Nikolay se levantó primero solicitando que llevarán nuestro desayuno a la habitación, yo dormía plácidamente después de un primer día alucinante, cuando me despertó con un beso una enorme bandeja con tostadas, mermeladas, frutas y café estaba sobre nuestra cama, él ya se había duchado y me dio vergüenza que me viera sin arreglar, él se sentó junto a mí y se río cuando desesperada partí al baño para orinar lavar rápidamente mis dientes y darme una ducha corta para luego ponerme el perfume 212 de Carolina Herrera que tanto me gustaba. Ahora me sentía a la altura de ir a desayunar mientras las habitación se llenaba con el exquisito olor de un café de grano recién molido. Él me volvió a besar mientras me sentaba tendida sobre su cuerpo girando mi cabeza para sonreír y ahora darle un beso largo al sentirme limpia y con buen sabor de boca.

Era temprano, casi las 7 de la mañana, mientras él me abrazaba y acariciaba mis senos apretando con sus dedos suavemente mis pezones comenzando a desayunar.

- Disculpa haber dormido más de la cuenta mi amor, la verdad el vuelo y nuestro gran día de ayer me rindieron como a una niña, no me soltaste en toda la noche quizás por eso soñé solo cosas bellas.

- Amor, es bueno que durmieras y descansaras, además, es precioso verte dormir, puede acariciarte sin que te dieras cuenta por lo mismo pedí el desayuno a la cama ya que volaste muchas horas. ¿Más energías el día de hoy?

- Nikolay, estoy llena de energía mi amor, hoy tendremos otro día maravilloso, ¿qué puede ser más motivante que eso?

Me abrazó fuerte y con su mano giro mi cabeza para besarme, él era un hombre fuerte, pero sabía controlar su poder, por lo que fue suave en levantar mi liviano cuerpo desde mi cintura, y sorprenderme al sentarme sobre su verga mientras intentando que mi café no se derramara en mi cama podía sentir como su alargado miembro iba entrando duro dentro de mí. Me queje suave y me silencio con un nuevo beso, mientras con todo su pene dentro mío, él movía suavemente su cadera.

- Umm, cariño, despertaste muy firme el día de hoy, nunca había desayunado al mismo tiempo que me cogen. Dios, se siente tan rico temerte conmigo.

- Estuve tentado de despertarte así Alexia, pero merecías descansar, suelo amanecer con la polla dura y ese culito que tienes me va a dejar listo para disfrutar de la playa corazón, tomaremos sol beberemos y gozaremos como adolescentes de nuestros juegos cariñosos y cómplices. Come tranquila ya que te avisare cuando esté listo tu postre.

Nikolay me cogió durante todo el desayuno suavemente, mis pezones estaban durísimos mientras él los acariciaba y de tanto en tanto interrumpía el desayuno con un beso pegoteado, húmedo y con mucha lengua. Yo también movía suave mi cintura, él estaba profundo dentro de mi sintiéndome muy abierta, pero gozando de cada instante.

Aún quedaba un poco de café y el me levantó para sentarme a su lado quitándome la taza un momento para lanzar su semen dentro de ella.

- Mi vida ahora puedes disfrutar de tu café con leche.

Luego me beso mientras risueña y frente a él tomaba el café lleno de semen lo que le daba un sabor especial mirándolo a los ojos mientras daba cada uno de los sorbos.

- ¿Está rico Alexia?

- Mi vida, es el café más sabroso que he probado.

Lo tomé completo, luego nos duchamos, por norma puse la parte baja de mi bikini cómo buena aspirante naranja, él no se puso nada de ropa y me abrazó para besarme antes de salir del cuarto, luego me tomo de la mano para caminar y tendernos en el lugar que tenían reservado para nosotros, nos sentamos en la cama frente a frente y riendo nos poníamos aceite bronceador uno al otro, manoseándonos y jugueteando felices, mientras, unas piñas coladas llegaban con mucho hielo muy temprano a nuestra mesa. Era temprano y hacía calor, la humedad es alta en Tailandia, pero sus playas son sacadas de una película, arenas blancas, agua esmeralda y una limpieza absoluta.

Era el lugar soñado para vivir.

Pronto, en base a las reglas, fue él quien quito mi bañador y nos pusimos de lado para conversar y jugar. Su pene aún estaba algo resentido así que con la punta de mis dedos acariciaba sus bolas y el pliegue de estas mientras él besaba y chupaba mis tetas. Hablamos de todo, de mi cambio, de mi familia y cómo me hacía cargo de ellos, el suelo de que mis tres hermanos pudieran ir a la universidad mientras él me escuchaba atento y acariciaba mi pelo entretenido con mi vida.

Luego él me contó de sus negocios y éxitos, pero de lo aburrido que estos eran, el prefería la aventura, subir montañas y venir al resort. Había estado casado pero la chica, que era transexual, era una rusa que sólo estaba interesada de su dinero. Él me decía que en lugar de una esposa cariñosa tuvo la mala fortuna de contraer matrimonio con una puta que veía su relación como un negocio. No me caen mal todas las ucranianas y rusas, pero suelen ser tan frías y materialistas a veces. No sé, siento que las latinas somos más de piel y enamoramiento, por lo menos eso corre para mí.

Conversamos horas y nos dio calor, por lo que se le ocurrió que nos subamos a esos globos o paracaídas que se elevan gracias a una lancha, yo le tengo pánico a las alturas pero accedí, el me daba la mano ya que fui sincera al contarle mis miedos, extrañamente eso lo cautivo y me cuido tanto que perdí el miedo y goce de ver lo magnifico del lugar desde las alturas junto a un hombre igual de iluminado, fue una linda mañana que se corono almorzando una langosta que era un manjar de los dioses. No dejamos de mirarnos y coquetear, nunca soltaba mi mano, lástima que era momentáneo, una semana, un pestañeo, debía disfrutarlo al máximo ya que mi suerte me había traído un hombre como pocos, el vino blanco helado se nos subió a la cabeza y todos reían al sentir nuestras carcajadas, mientras preparaban una fiesta de espuma en la piscina.

- ¡Pool Party! Ya sé lo que haremos durante la tarde cariño, disfrutaremos de la fiesta de espuma, ¿sigues mareada? Si bien me dijiste que te afectaban las alturas asumo que nunca pensé que tanto, jaja, bebé, estabas aterrada. Acércate aquí y date la vuelta quiero usar tu lindo culo para afirman mi cabeza.

- Nikolay, eres siniestro, jaja, fui súper sincera al decirte mis miedos y tú seguiste adelante con tus planes, casi me pongo a llorar.

En ese minuto escuchábamos gemidos de distintos lugares de la playa, en la mayoría de las camas he incluso en el agua se podía apreciar las distintas variedades de posiciones sexuales que puede realizar un hombre con una Shemale.

- Alexia, es impresionante, todos están cogiendo en este momento, parece ser la hora del sexo.

Pronto sentí como el hombre comenzaba a besar mi culo hasta tomar cada una de mis nalgas con sus dos manos para abrirlas y dejar mi orto frente a su cara, hundiendo su cabeza dentro de ellas para besar mi ano y comenzar a lamerlo, eso me hizo vibrar ya que era algo que me gustaba en demasía.

- Amor, que rico es cuando besan y lamen mi hoyo. Mmm bebé, descubres con tanta facilidad mis puntos débiles y tu lengua parece tan firme como tu pene, ¡señor! Ayy, es demasiado rico, ¿quieres mi perdón por andar arrastrándome por los cielos con una lancha?

- No quiero tu perdón lindura. Me calienta mucho tu culo Alexia, lo estoy preparando para mí.

- Entonces ponte de una forma en que pueda chupar tu pene mientras dilatas mi culo, yo también siento placer por algo oral, por algo rico.

Nos pusimos en un 69 que nos permitía dar el placer que queríamos, invertidos con el hombre sobre mí, mientas yo tenía la verga de él en mi boca hasta el fondo, en ese momento yo estaba con mis caderas levantadas para ceder mi firme trasero, por lo que nuevamente y ya sin importarnos apareció el dron a grabar lo que hacíamos. La verdad, como chica Shemale, yo podía ser muy flexible y asumir posiciones sexuales muy variadas. Por suerte me encontré con una pareja para la semana que tenía las mismas facultades. Estaba tan excitada y sudada por la humedad del lugar sintiendo el placer de su verga erecta en mi boca mientras al mismo tiempo me daba un beso negro de proporciones, ya no gemía tan suave cómo el primer día ya que la playa tenía cómo música de fondo los gemidos de todos los que estábamos ahí, más el ruido de las olas y de las aves que volaban en el lugar. Nikolay de tendió de espaldas mirando hacía el sol e hizo que me tendiera de espaldas a él mirando hacia el mismo lugar con mis piernas abiertas y sujetadas a ambos costados de la playera cama, mientras sin detenerse me cogía y yo me movía solo con el equilibrio de nuestros cuerpos a estar sobre él. Lo único que nos mantenía firmemente unidos era su pene dentro de mí, mientras besaba mi cuello y hombros mientras yo usaba mis manos para estimular mis senos, fue rico sentir nuevamente su semen dentro de mí, luego volveríamos a tomar sol esperando la fiesta de espuma que se iniciaría en dos horas más.

Fiesta de espuma en la piscina

Ya estaba cayendo la tarde y sobre la piscina rodeada de luces multicolores habían mangueras especiales que comenzaban a lanzar espuma, la puesta en escena era preciosa y la música electrónica invitaba a bailar pese al inmenso calor y humedad del lugar, Nikolay me tomó de la mano y fuimos corriendo cómo niños, ambos sin ropa, para saltar dentro de la piscina, era impresionante más de cien chicas saltando al mismo tiempo con la música, todas guapas y con las tetas al aire, las que subían y bajaban al rimo de la música mientras los excitados hombres hacían lo mismo, casi nos ahogábamos por el flujo de espuma que caía en nuestros cuerpos, era agradable ver que muchos hombres me miraban, de hecho no pasaba desapercibida, para cualquier chica es estupendo sentirse cómo un fiel objeto del deseo, mientras mi hombre volvía del bar que estaba en la piscina con dos vodkas para beber mientras bailábamos, los dos saltábamos, nos reíamos y nos besamos mientras dejaba que tocara todo mi cuerpo, acercándome mucho para quedar frotándome piel con piel sintiendo cómo debajo del agua su polla estaba dura gracias al espectáculo que todas dábamos, para cualquier hombre que gusta de una Shemale ese debe ser un momento de fantasía.

Pronto llegó la noche y las luces multicolores hacían mucho más hermosa la fiesta, la estábamos pasando excelente, algo pasada de copas al igual que él, después de casi veinte minutos de baile desenfrenado sin parar en ningún momento.

Nadie quería salir de ese lugar transformándose en la noche más loca de la semana, ya que todos en el mismo espacio desataban sus pasiones con desenfreno, yo no podía parar de besarme con Nikolay y él me ponía de espaldas para bailar con su verga dura acariciando mi culo, era la mejor de las experiencias, ese hombre de verdad era para casarse, tenía una vitalidad increíble.

Era cada vez más genial, ahora aparecían luces laser desde los bordes de la piscina, y un conocido DJ del continente comenzaba a tocar música en vivo lo que mantenía el espíritu en alto de todos los que nos encontrábamos ahí, pasaron las horas y Nikolay me llevó hasta uno de los bordes de la piscina, arrinconándome sin poder huir de él mientras se reía y besaba mi boca, sus manos se perdían en mi culo mientras sus dedos jugaban con mi ano.

Yo veía a mi alrededor y varias chicas estaban en la misma situación algunas de espaldas a sus parejas levantando su trasero mientras se los metían, mientras algunas hacían eso con sus hombre y en dos casos particulares eran mujeres con gustos especiales las que gozaban de la compañía para gozar con una de las shemales de ese paraíso transexual. Mientras yo de frente a mi hombre dejaba que me tomara de las caderas para levantarme sin esfuerzo con la ayuda del agua, cruzando mis piernas en su cintura mientras nos besábamos apasionadamente y sus hombros me servía de apoyo para mantenerme firme a él. Nikolay por mientras acomodaba su verga en mi orificio anal, para lentamente comenzar a meter su punta gruesa sin dejar de besarme, mientras la música, las luces y los gritos sexuales de los demás nos excitaban y nos animaban a seguir, yo comencé a subir y a bajar por la palanca que podía hacer con mis muslos y mis brazos tras su cuello, manejando la profundidad y el rito de la penetración acorde a los distintos temas que el DJ iba poniendo, estábamos ebrios y felices, yo gozaba cada centímetro de su polla y el cada espacio de mi orto, era la mezcla perfecta.

¿Podía haber algo mejor? Eso era llevar la vida sexual al máximo, sin ningún tapujo y completamente libres en medio de la nada, lejos de las civilizaciones más avanzadas y prejuiciosas.

Nikolay estaba quieto con los ojos cerrados, dedicado a sentir la humedad, el viento la temperatura del agua y la calidez de mi orto, su tacto se concentraba en mi cuerpo al igual que su gusto y su olfato, su mente completamente aperturada le permitía vivenciar cada segundo en su más alto nivel de placer, mientras yo no paraba de moverme y auto penetrarme con su verga en una cabalgata endemoniada que se daba en el contexto de una fiesta.

¡Esa piscina debe haber quedado llena de semen!, pues casi todos cogimos esa tarde hasta caída la noche. Una vez más sentía su cálido acabar dentro de mí para luego ir agotados a la habitación buscando tomar un respiro y preparándonos para cenar la langosta de la que habíamos conversado durante casi todo el día, estábamos tan cansados que sólo pensamos en irnos al cuarto después de cenar, habíamos tenido tanto sexo en el día que ya no quedaban fuerzas en ese hombre quien me beso para luego dormir mientras yo llamaba a recepción para que me fueran a dejar algunas cosas para darle una sorpresa a mi pareja, me sentía tan feliz de que me hubiera elegido.

Es importante renovarse día a día y ya tenía planes para sorprenderlo la mañana siguiente, mientras feliz recibí en silencio y sin que Nikolay se diera cuenta los encargos que realicé para despertarlo de una forma novedosa, para mantener el fuego.
Siempre innovando para entregar la mejor de las experiencias, luego me acosté en la cama y me abracé a él consciente de que al otro día era yo la que debía despertarme primero, dormimos casi cómo niños, cerrando un segundo día espectacular y soñando en que el tercer día fuera mucho mejor, a más dependiera de mí la felicidad de ese hombre más posibilidades tenía de mantenerme en la Isla Shemale.

La conejita

Me desperté ansiosa y contenta, sigilosa para no despertar a un rendido Nikolay, él tenía que dormir ya que lo necesitaba tan fogoso cómo los primeros dos días, aún no amanecía y era de madrugada, aun así, me duche en silencio para luego ponerme un sujetador blanco cómo la nieve, el que hacía que mi cuerpo se viera estilizado y hermoso, mientras al espejo me reía al hacerme una trenza para poner sobre mi cabeza un cintillo que tenía dos orejas de coneja, por lo que me veía divertida, evitando reírme para no hacer ruido luego me puse un taparrabo para esconder mi pene ya que no era objeto de deseo del hombre a quien atendía.

Busque el set de maquillaje que todas teníamos en la habitación eligiendo colores blancos muy suaves y un labial rosa muy claro, usando delineador para oscurecer mis pestañas logrando que destacaran al nivel que quería, posteriormente abrí el envase donde estaba la crema dilatadora anal y comencé a untar mis dedos en ella para comenzar a penetrar con los mismos mi ano lubricándolo al máximo que fuera posible, cuando logré sentirme lo suficientemente abierta tome un plug anal que solicite que tenía la forma de una cole de conejo, insertándome en el culo para dame vuelta y ver que desde mi trasero salía una bella colita blanca, me veía encantadora, una verdadera conejita salida de un bosque mágico. Luego me puse una bata de seda blanca casi traslucida, muy delgada y fina, de una textura tan suave que lograba erizar la piel, nunca en mi vida me había vestido con prendas tan cómodas, el poder del dinero es impresionante ya que en mi vida jamás podría haber accedido a accesorios así.

Pero mi tarea continuaba y quedé admirada al ver la caja de joyas que había solicitado, al abrir el cofre swarovski, encontré dentro del mismo aretes, un piercing para ombligo, dos pulseras para el tobillo y tres para la muñeca, todas confeccionadas con hermosos y extraordinarios diamantes blancos, pequeñitos y unidos unos a otros, que me hacían brillar por todos lados con la luz del cuarto de baño.

Luego abrí otra caja donde había un dildo de un cristal especial con ventosa para ponerlo en el suelo, el juguete sexual era lujoso y con finas terminaciones enchapadas en oro, de 23 centímetros de largo y cinco de ancho, cumpliendo completamente las especificaciones que había solicitado. Ya eran las 6 de la madrugada y quedaba sólo una hora para que llegaran con el desayuno que había encargado, por lo que abrí una pequeña bolsa de género que contenía pétalos de rosa blancos y rojos, silenciosa los fui dejando a dos metros de la cama, en un sector de la habitación donde el piso era de una losa blanca, por lo que se veían muy bien mis arreglos, mientras pegaba con la ventosa el cristalino dildo en el suelo.

Ya estaba todo preparado en el cuarto y yo estaba vestida en forma ideal para la ocasión, sólo faltaba que llegará el desayuno y llenar el Jacuzzi sin hacer ruido, por lo que deje caer el agua caliente de a poco para que no se sintiera nada que pudiera despertar a Nikolay, mientras arrojaba sales de baño y pétalos de rosa en el agua, todo con el plug de ocho centímetros de largo y uno en su punta y siete en su base metido en el culo durante todo ese tiempo, es tan agradable caminar con un juguete de esos ensartado dentro de una cuando estas acostumbrada, que me producía realizar los preparativos completamente excitada.

A las 7 en punto abrí la puerta sin que las chicas del servicio, que eran todas transexuales, tocaran la puerta, todo lo que creía imposible se hacía realidad, una bandeja de cristal con tazas de porcelana blancas y líneas doradas que contenían café recién tostado y molido, chocolates blancos con formas de corazón y dos trozos de pastel adornados con una crema también blanca con adornos de caramelo brillantes del mismo color que las joyas que llevaba puestas.

Durante todo ese rato me habían estado filmando, mientras en su oficina sin que yo lo supiera Franchini de Souza seguía con admiración cada una de las cosas que yo hacía para recibir el tercer día en ese lugar que tanto me gustaba.

Si bien era temprano llamó a la productora para comentarles lo que estaba sucediendo conmigo ofreciéndole ese amanecer como un producto pornográfico que posteriormente podrían comercializar, sin entender aún cuales eran mis planes para cuando el hombre que dormía conmigo en el cuarto despertara. Me gusta ser difícil de deducir, pero cuando quiero funciono cómo un reloj suizo, ya quedaban cinco minutos para que sonara el despertador de Nikolay, la tina estaba perfecta, la luz comenzaba a entrar en la habitación y gracias a las joyas yo empezaba a brillar, sólo me dedique a untar el lujoso dildo de cristal con un lubricante anal y me saque la colita de coneja para dejarla escondida en la caja donde me habían traído las joyas justo a un metro del dildo, Franchini no entendía nada hasta que me vio tomar la bandeja y lentamente comenzar a sentarme introduciéndome el dildo hasta que este desapareció por completo dentro de mi cuerpo. Mientras Franchini, llamaba desesperada al productor.

- ¡Esta joven es una maravilla! Comienza a grabar enseguida con todas las cámaras de este cuarto ya que no te puedes perder este momento.

Yo me veía angelical, brillante, blanca y luminosa sentada con mis piernas puestas de costado con la bandeja con el desayuno sujetada por mis dos manos en el momento justo que sonó el despertador del hombre que me observó sentada de esa forma, con la bandeja delicadamente en mis manos y con una cara de ternura que lo observaba mientras a mi alrededor estaba llena de pétalos de rosa y mi corpiño y orejas de conejo blancas me hacían verme aún más atractiva y juguetona.

Inmediatamente se levantó su sábana mientras él sonriendo comenzaba a aplaudir.

- Amor, ¿en qué momento hiciste todo esto? Eres realmente impresionante, te ves preciosa ven acá para que te dé un beso, ¡por dios y tienes listo el jacuzzi! La habitación huele tan bien, es cómo despertar en el paraíso con sólo verte, eres una caja de sorpresas, realmente me encantas, por favor párate y ven hacía mí.

Franchini estaba con la boca abierta y Nikolay reacción igual cuando lentamente y sin derramar una gota de café comencé a levantarme mientras el mostraba cara de impresión al darse cuenta que de mi culo empezaba a salir un inmenso dildo que estaba fijo en el suelo, yo había estado esperando todo ese tiempo que el despertara sólo para que disfrutara ver ese momento, mientras impactado veía una imagen de cuento hasta que me puse de pie y le pedí que cerrara los ojos un segundo para ponerme la colita de coneja y caminar hacía el sin que se diera cuenta del detalle hasta que me di vuelta para que lo viera mientras dejaba la bandeja sobre la cama.

- Buenos días, mi amor, vengo desde el bosque a buscar un hombre que le de amor a esta tierna conejita.

- Bebé, yo soy el hombre que andas buscando.

Él estaba demasiado caliente al ver mi cola, por lo que al percatarme me puse en cuatro patas junto a él para que jugueteara con el plug, mostrándose cómo un niño cuando lo sacó y se percató de su grosor volviendo a ponérmelo, lo que produjo un gran gemido de mi parte. Mientras con suavidad me sacaba la bata y soltaba mi sujetador para poder ver mis tetas y acariciarlas, la bandeja estaba justo bajo de mi por lo que baje y unte mis pezones con la crema de los pasteles solo frotándolos en ellos, lo que sacó una carcajada de la boca de Nikolay que tomo la bandeja para dejarla sobre una mesa y tirarse encima de mi para comenzar a chupar mis acaramelados y cremosos pezones.

- Me calientas demasiado bebé, nunca pensé tener un despertar que fuera sideralmente mejor a mis propios sueños, haces volar mi imaginación, piensas en detalles y en cosas que ninguna otra chica sería capaz de conseguir, las joyas se te ven hermosas, pero créeme cuando te digo que la joya más preciosa de esta habitación eres tú mi amor, me tienes tan duro y me gusta tanto el sabor de tus tetas, mi conejita rica.

Me volví a poner en cuatro con mi culo hacía él, meneándolo para que la cola que traía puesta hiciera círculos perfectos, lo que tenía maravillado a mi hombre, casi podía sentir el latido de su corazón, seduciéndolo al extremo de lograr que perdiera el control y sólo me deseara a mí en este mundo, por lo que se arrodillo detrás de mí y sacó el plug con fuerza, tomándome de mi cintura para cogerme fuerte y violento, lo había llevado hasta el límite de su calentura y gracias a eso estaba descargando toda su hombría en mí, mientras yo gritaba cómo una loca pero feliz con cada embestida que el me daba ya que eso quería conseguir, que Nikolay enloqueciera por poseerme, la verdad me lo metía con una fuerza descomunal y mis gritos parecían calentarlo más.

- Eres hermosa y eres mía, grita bebé.

Me decía al oído sin parar de hacerme sexo anal mientras sus manos apretaban con fuerza mis tetas, yo no sentía incomodidad, causa y efecto, yo había planificado todo para conseguir que el tercer día partiera de una forma distinta, hay que matizar y sorprender, es parte de mi juego. Por lo que pronto mis gemidos y gritos se transformaron en placer al sentir si pegajoso semen en mis entrañas mientras él se sentaba rendido y me abrazaba para besar mi boca pidiéndome disculpas por lo fuerte que me había follado, sintiendo ternura con la respuesta que le di.

- Mi amor, no te preocupes, sentí que necesitabas descargarte de una forma así, eres un hombre de muchas responsabilidades y sentía que estabas un poco contenido, eres tierno pero me imaginaba que podías ser una animal en la cama, sólo abrí la jaula por un momento, ya conocí a la bestia y salí bien, estoy llena de tu esperma dentro de mí y ahora me tienes abrazada y llenas de besos, ¿qué puede ser mejor mi amor?, ¿te parece desayunar en el Jacuzzi?. Lo llene de sales para recuperarnos de estos dos primeros días tan intensos y un inicio del tercer día que ha sido mejor de lo que esperaba.

La idea es no perdernos ningún instante, una semana pasa volando y quiero vivirla al límite con alguien que me hace sentir tan bien como tú.

Estábamos realmente agotados, el agua caliente y las sales del Jacuzzi nos dieron el relajó que necesitábamos, lo que se amplificaba con el delicado aroma que daban los pétalos de rosas, estábamos abrazados y besándonos, en la habitación se desbordaba la química que existía entre nosotros, casi como si hubiéramos sido sacados de un molde pensando en el otro, lo que hacía complejo diferenciar las sensaciones de lo que realmente era un trabajo y una relación comercial aunque no lo pareciera, por mucho que nos demostrábamos nuestro afecto yo seguía siendo puta y él no dejaba de ser un cliente más del lujoso resort.

Creo que nos quedamos dormidos abrazados más de una hora en el agua, para luego aceptar la invitación que el hombre me hizo a bucear, lo que para mí era una primera vez. Siendo buena nadadora nunca había podido practicar ese deporte, siendo hermoso sumergirme desnuda en las aguas cristalinas viendo toda la diversidad de hermosas especies que había en esa isla, insisto que parecían vacaciones para mí, pero era solo por una semana ya que a la siguiente cómo parte del trabajo podía tocarme un cliente completamente distinto y quizás mis técnicas no lograrían a llegar a ser efectivas con él, por lo mismo hay que vivir el carpe diem, el momento hacerlo único, atesorarlo y disfrutarlo.

Nos reímos mucho en el viaje de vuelta en lancha hasta el hotel, el no dejaba de acariciar mi rubio pelo y mi rostro, robándome un beso cada vez que podía, ese día casi no tomamos sol ya que llegamos tarde de nuestra excursión, por lo que fuimos a cenar y posteriormente conocer el casino de juegos que había en el lugar para apostar y beber unas copas, parecía una salida de novios, la disfrutamos como enamorados para irnos a una cama en la playa y hacer el amor bajo la luz de la luna, esta vez fue suave y romántico, yo encima de él moviéndome como una gata tierna y mimosa, fue un bello momento que hizo que el tercer día pasara volando, volvimos a dormir abrazados luego de darnos un apasionado beso.

Estaba realmente cansada por lo que puse mi cabeza en su pecho mientras el acariciaba mi pelo y el latir de su corazón se transformó en la música que me llevó hasta el reino de los sueños, deseando despertar para tener otro día tan maravilloso cómo los que habíamos vivido hasta entonces.

Despertar de forma perfecta

Día cuatro, primera mañana que no sentimos el despertador, cuando abrí los ojos eran las 11 de la mañana, ¡era increíble! Nunca habíamos dormido tanto, cuando observe a Nikolay este seguía dormido, extenuado pero como todo hombre viril cómo él, su pene ya estaba erecto por lo que sonreí al pensar que estaba soñando conmigo, me levante sin hacer ruido para ducharme, ya que siempre me gusta mantenerme limpia, luego lavé mis dientes y regrese hasta la cama, él estaba tibio y una pequeña tormenta de esas que son momentáneas azotaba el lugar, por lo que no era un desperdicio de tiempo haber estado en la cama hasta más tarde, lo último que nos podía ocurrir es que nos cayera un rayo por la fuerte atracción existente entre nosotros, de hecho me asustaba el solo pensarlo, ya se había ido más de la mitad del tiempo juntos y ese hombre pronto volvería a Rusia para seguir con su vida, de hecho, creo que los recuerdos de esa semana con él iban a pasar a formar parte de mi bitácora de los best seller de mi vida, que agradecida estaba de haberme atrevido a enviar ese video para postular a la isla.

Me sentía menos cansada por el buen dormir que tuve esa noche, con energías para seguir haciendo un trabajo de excelencia, después de todo el hombre había pagado una fortuna por una semana ideal y mi responsabilidad era entregársela, por lo que mientras dormía comencé cómo una leona que acecha a bajar lentamente hasta la altura de su enorme pene para comenzar a lamerlo con suavidad, su cabeza era tan grande y con un color rosado oscuro y los bordes del mismo eran gruesos y perfectamente definidos, Nikolay era una máquina perfecta, con un aroma exquisito en su sexo y unas bolas enormes que hacían sentido a la gran cantidad de semen que podía generar.

Mientras besaba su verga aprovechaba de humedecer mis labios con las pequeñas gotas de esperma que salían involuntariamente del mismo, el producía el tipo de semen que más me gustaba, uno con buen olor, muy blanco y espeso, ya que los hombres que lo tienen muy líquido no eran los que más me enloquecían y ni hablar de los penes que huelen o saben mal, ni menos de el semen que tiene mal sabor producto de las comidas picantes o con mucho aliño, cómo todos los manjares y mieles del mundo el que producían los hombres era diverso y el de ese hombre a quien mamaba en ese momento era de los que estaban primeros en mi lista de preferencias.

Por lo mismo, chupárselo era un trabajo a agradecer, después de todo, no toda la gente tiene la dicha de hacer las cosas que le gustan para pagar las cuentas a fin de mes y durante esa semana el dinero había sido fácil, con un hombre así una por lo general no cobra y termina enamorándose, pero yo no había viajado hasta Asia para ello, mi familia y la educación de mis hermanos dependían de mí y era lo que me motivaba a meter esa verga cada vez más profundo dentro de mi boca, soy una mamadora experta a pesar de mis 19 años, ya que sé que cada parte y función de la boca marcan la diferencia si sabes usarla.

Mi lengua era pequeña, pero a pesar de eso era capaz de masajear muy bien un pene por muy grande que fuera, que era lo que en ese momento había con el miembro de Nikolay que lentamente comenzaba a despertar sintiendo placer y viendo que debajo de las sábanas blancas algo se movía. El cerró los ojos para disfrutar lo que pasaba, para luego levantar las sábanas y observar mi dedicación al atenderlo. Mientras su grandes manos comenzaban a acariciar mi pelo, lo que me daba más energías para continuar con mi cometido.

Iba profunda con mi boca bien abierta y usando mi lengua completa sin dejar de aplicar succión suave, es cómo sacar petróleo con una máquina, al final cuando lo encuentras la presión sale que este salga disparado por los aires, siendo ambos un bien preciado que abunda pero es escaso si quieres encontrar de buena calidad, él ya había despertado por lo que podía comenzar a usar mis manos para masajear su pene mientras comenzaba a lamer y chupar sus enormes testículos, uno a la vez para luego meterme ambos, chupándolos suave al ser una zona delicada mientras mi lengua les daba el masaje que merecían, si bien la atención de mi boca había cambiado de posición mi mano derecha seguía ocupándose de su polla al masturbarla lento, así con pequeños detalles yo me percataba cuando podía ser el momento de volver a chuparla para que el semen no se pierda en las sábanas.

Es un trabajo al que hay que ponerle no sólo dedicación sino arte para no hacerlo igual cada vez, es un desafío intentar de que cada mamada se sienta distinta. Él lo notaba, por eso se mantenía en silencio para no desconcentrarme, además iba muy bien encaminada, llevándolo al límite a segundos de una eyaculación abundante, había estado esforzándome mucho como para que saliera solo un pequeño chorro. Ya era tiempo de dejar descansar sus bolas y volver a su verga, fue genial, cuando mis labios tocaron los límites de su glande la cabeza de este comenzó a arrojar oleadas de semen, del tipo gourmet que tanto me gustaba, trague y trague sin detenerme, para luego con mi lengua ponerme a limpiarlo todo, soy una excelente despertador. Pero el que sonó fue él ya que gimió cómo no lo había escuchado cuando acabo.

Luego subí para darle un beso de buenos días y el me abrazo por lo que pude volver a poner mi cabeza en su pecho, mientras regresaban las caricias y me llenaba de mimos.

- Alexia, que buena forma de despertarme elegiste, eres un primor, corazón veo que hay tormenta. ¿te parece quedarnos en la habitación y descansar el día de hoy? Hemos tenido días muy agitados y considero que puede ser rico quedarnos acostados todo el día sin las preocupaciones de llenarnos de actividades, estoy de vacaciones, parar un día me vendría muy bien.

- Me parece una excelente idea quedarnos en el cuarto mi amor, sin que nadie nos esté mirando, sin pensar en nada, realmente me agrada estar abrazada a ti, yo feliz si es lo que tú quieres.

Luego de besarnos, nos pusimos a dormir por varias horas, realmente era un día para juntar energías y disfrutar de él sin que las otras chicas estén observándome todo el tiempo, además, no dejaba de ser lindo que él no quisiera salir, que quisiera pasar el tiempo a solas conmigo, son señales buenas de que su corazón estaba alegre y sentía cosas por mí, lo que también solía confundir ya que una no es de fierro y puede cometer el error de abrir el corazón más de la cuenta, sin duda, enamorarse no es una buena idea en este oficio ya que en la mayoría de las ocasiones acarrea conflicto y penas, las relaciones que conozco con clientes no suelen llegar a buen puerto en la mayoría de los casos, es verdad, hay excepciones y se de chicas que llegaron a tener una vida plena y normal después de conocer al hombre indicado.

Antes de dormirme abrazada de Nikolay me di un tiempo para pensar sobre esos cuatro días y mi decisión de haber postulado a la Isla, ya que todo iba tan bien pero la vida no suele ser color de rosas, por lo que me asustaba la idea de que la primera semana solo fuera un sueño de lo que sería la verdadera realidad, en el mismo resort en que yo lo estaba pasando divino, había visto orgias de varios hombres con una chica y tratos bien al límite.

Había tenido suerte, ya que a veces los adinerados son los más brutales a la hora de querer satisfacer sus deseos ya que suelen mirar en menos a quienes se desviven por atenderlos, y en ese sentirse superiores humillan y maltratan, yo estaba en la cuna o el lugar más top de la prostitución transexual, por lo mismo en ese recinto se debía vivir un constante juego entre el cielo y el infierno, ahora estaba bien pero me preocupaba que tan profundo podía ser el abismo en el momento que me toqué pasarlo mal. Por lo mismo me abrace fuerte a ese hombre ya que gracias a él tenía una semana en el cielo.

Día de competencia

Ayyy, umm, estaba completamente dormida y desperté con algo inmenso dentro de mí. Nikolay parece que se había recuperado con el descanso, ya que en el quinto y penúltimo día de su viaje me alejaba de mis sueños dándome por el culo, mientras confundida, por estar recién reincorporándome lo vi frente a mi rostro tomando mi cabeza rubia con ambas manos y jalando de ella para meter su pene en mi boca, cogiéndomela como si fuera mi culo, pero en este último seguía sintiéndome atravesada por algo grande, por lo que salí a explorar lo que estaba ahí, encontrando que había método el inmenso dildo de cristal con el cual le había dado una sorpresa para despertarlo.

Estaba agitadita ya que despertarse en un DP, doble penetración, es intenso para cualquiera, mientras atragantada me comía la inmensa verga de ese hombre mientras con mi mano comenzaba a meter y sacar el consolador de cristal desde mi culo, para proceder a elevar mi mirada y poner mi ojitos de calentona había el tipo que estaba gozando con mi boca cómo si de un coño se hablara, dándome un fuerte sexo anal y observando atento cómo yo misma me encargaba de mi culo, en ese intenso inicio de día.- Hoy me tocaba despertarte bebé y me gustan tanto tus hoyitos que no pude decidirme solo por uno, además, amanecí caliente, muy duro y con unas ganas enormes de someter. Cómete mi verga hermosa.

Me decía mientras me tenía atrapada la cabeza con las manos para hundir aún más su miembro masajeando mi garganta. Yo también había amanecido caliente y a esas alturas movía eufórica el grueso y enorme dildo sacándolo paya luego volvérmelo a meter en el culo, una y otra vez, sin poder gemir ya que mi garganta estaba siendo utilizada.

El cariñoso hombre podía ser sádico cuando lo deseaba, siendo bueno para gobernar a una chica, dominante y claro en sus instrucciones. Siendo ágil a pesar de su fuerza y musculatura.

Quedaba poco tiempo para disfrutar y el ya recuperado me hacía comenzar el día cómo una ninfómana sexual. La verdad a esas alturas mi boca estaba adicta a su polla y semen, por lo que el mejor de los desayunos de venía nuevamente cuando con la punta de su pene en mi garganta y mi cabeza sujetada comenzó a lanzar toda su leche fresca, tragando rápidamente para no ahogarme. Luego caímos en la cama y el riendo comenzó a besarme.

- Disculpa si te asuste, me imagino tu despertar, jaja, tenías el culo paradito y la boca un poco abierta cuando desperté, me calenté y no pude aguantarme linda.

- Nikolay, me dejaste toda abierta pero feliz, jaja.

Luego, nos duchamos juntos haciendo cosquillas para posteriormente salir de la habitación para desayunar en el buffet después de días. Ese era un día especial ya que se elegía a la reina de la semana, Nikolay sin decírmelo me había inscrito lo que significaría que tendría que participar en una serie de competencias con otras chicas durante el día y la noche.

Recién pude darme cuenta cuando a través de un parlante comenzaban a llamar a las chicas que participarían de la Miss Shemale Week, concurso que consistía en participar en tres pruebas con distinta puntuación cada una, la primera se realizaría en la tarde en la piscina y era una competencia de baile antes de la hora del almuerzo, la segunda se haría a media tarde entregando puntaje a la que hiciera el mejor sexo oral y la última se realizaba en la noche y puntuaba el mejor sexo en vivo, cuando mencionaron mi nombre me quise morir, sin existir ninguna posibilidad de no participar ya que eran los mismos clientes quienes elegían a las participantes.

La competencia era dura ya que dentro de las cien chicas del lugar las mejores diez se enfrentarían a las pruebas, existiendo una variedad desafiante contra las cuales competir.

1. Anikka Petrov, de Ucrania, con 22 años, en proceso de prueba.

2. Irina Mikhailov, de Rusia, con 22 años, em proceso de prueba.
3. Alexia de Castro, de Colombia, con 19 años, en proceso de prueba.
4. Nong Tum, de Tailandia, con 18 años, staff permanente.
5. Bianca Lima, de Brasil, con 19 años, staff permanente.
6. Tawnee Miller, de Estados Unidos, con 21 años, staff permanente.
7. Meena Hung, de Tailandia, con 18 años, staff permanente.
8. Simone Carvalho, de Brasil, con 20 años, staff permanente.
9. Alba Fernández, de España, con 21 años, staff permanente.
10. Aiko Himura, de Japón, con 19 años, staff permanente.

La noticia había cambiado el sabor de mi desayuno colocándome nerviosa, si bien era un alago ser considerada dentro del 10% de las chicas más atractivas del lugar, las pruebas eran exigentes y debía darlo todo ya que una falla podía costarme todo el avance, por lo mismo, mientras Nikolay se reía de mis miedos me puse de pie para ir por un vaso de agua y sentada entre la gente había una hermosa mujer, delgada, de pelo corto, lentes de sol oscuros y llena de tatuajes. Cuando la vi no lo podía creer era DJ Lanita, una famosa música de la cual era admiradora y pude ir a ver un par de veces en España, yo sabía que viajaba frecuentemente al sudeste asiático, pero nunca me imaginé encontrarla ahí, ella era la Colombiana más popular en ese momento, por lo mismo me puse feliz, le di un abrazo y le dije que era un honor ver a una Colombiana cómo ella en ese lugar. Luego me fui ya que estaba prohibido hablar con los turistas si estos no se acercaban a ti.

Para mí el haberla abrazado era un tremendo honor, una coterránea que había triunfado de tal forma en todo el mundo era motivo de celebración, por lo que, si estaba en ese lugar, la competencia debía ser verdaderamente importante, lo que aumento mis miedos, mientras tomando sol en la playa con Nikolay esperábamos que nos llamaran para la primera prueba que sería durante la mañana.

Pronto comenzó a sonar la música era el momento de la primera prueba, justo al lado de la piscina habían 10 lugares fijos para que cada una de las chicas baile al mismo tiempo, estábamos todas desnudas y la piscina estaba repleta de todos los visitantes más las chicas que no fueron seleccionadas y al otro lado de ellas una serie de cámaras para filmar el evento, mientras DJ Lanita comenzaba a tocar cada uno de sus éxitos, para calentar el ambiente antes de que la primera prueba partiera, el premio era importante, 10 mil dólares a repartir entre la chica que ganara y su acompañante. Estaba nerviosa y temía el poder de baile de las dos Brasileñas que estaban concursando, ya que aparte de ser del staff fijo del Resort eran inmensamente guapas, es increíble cómo Brasil logra producir las Shemales más bellas del mundo como la hermosa Bianca Freire de la cual yo siempre fui fans.

Yo no sabía nada pero Nikolay ya conocía las pruebas y a escondidas llevo todas las cosas que utilice en el día que me transforme en conejita, cada una debía ir saliendo desde los camerinos a medida que fueran diciendo nuestros nombres, los gritos o aplausos eran importantes desde el inicio, por lo que me encerré en un baño con la puerta cerrada y rápidamente me puse el taparrabos, el plug anal con la colita de conejo, el corpiño blanco, las joyas y me maquille rápido.

Pronto desde los parlantes sentí que comenzaban las presentaciones, mencionaban a la importante Dj que estaba en el lujar y los aplausos más los gritos de eufórica envolvían el lugar. Hasta que comenzaron a anuncia a las chicas para que salieran.

- Desde Ucrania, presentamos los impresionantes senos de la hermosa Anikka Petrov.

Los aplausos fueron inmensos, lo mismo ocurrió cuando ingresó Irina, era mi turno y pronto sentí mi nombre lo que me puso aún más nerviosa.

- Desde Colombia, presentamos a la bellísima y sensual, sin duda ya conocida por todos, a la gran Alexia de Castro.

Nunca pensé que me aplaudirían tanto, pero cuando aparecí de coneja todo se desbordó, había sido una excelente jugada de Nikolay no dejaban de aplaudirme lo que opacó la salida de las otras chicas mientras la DJ oriunda de mi tierra me sonreía y no dejaba de aplaudirme. Pero una cosa es salir y otra bailar. La artista Colombiana sabía que yo era su fans por lo que buscando ayudarme puso su tema más conocido para la competencia que iniciaba.

Por lo que comencé a moverme de forma sensual mientras mostraba mi cola de conejo y de forma sexi me soltaba el sujetador, lo que produjo aplausos ya que las otras chicas estaban completamente desnudas sin posibilidades de hacer un show más completo, yo no paraba de sonreír mientras sacaba mi taparrabo mostrando mi gran pene erecto lo que volvía a provocar aplausos.

Mientras Anikka Petrov, Irina Mikhailov, Nong Tum, Meena Hung y Aiko Himura eran descalificadas ya que el baile no era lo suyo, pero la competencia con las Brasileñas, la Española y la Americana era dura, yo tenía más armas, sólo me quedaban dos minutos de música para hacerlas funcionar, por lo mismo me movía sensual cómo buena latina, moviendo el culo, cintura y tetas, lo que me hizo pasar a las instancias finales junto a las Brasileñas Bianca Lima y Simone Carvalho, las que demostraban el poderío artístico de su pueblo, todos aplaudían y me quedaba una última jugada por lo que sin perder mi sensualidad comencé a masturbarme, luego me di la vuelta y levante mi culo para sacar el plug anal frente a todos y girar mi cabeza con cara de niña buena mirando a todos los asistentes para ponérmelo en la boca y comenzar a darle sexo oral, los gritos fueron enorme , por lo que me puse de pie con las piernas abiertas y sonriendo y justo antes de que terminara la música explotó mi pene y el semen saltó disparado a la piscina lo que produjo aplausos de todos, fue una paliza, obtenía el primer lugar en la primera prueba, me llene de felicitaciones y todos los hombres que visitaban el lugar me mirabas y aplaudían, con Nikolay fuimos a almorzar y la DJ paso a felicitarme dándome un beso en la cabeza y diciendo le a Nikolay que él estaba con la Shemale más guapa y erótica del Universo.

Luego nos fuimos a la playa para esperar la segunda prueba, era un quinto día de locura.

Estaba exhausta mientras mi pareja me abrazaba y besaba diciendo que estaba orgulloso de mi y que evitaría tener sexo en la playa ya que él era pieza clave en la segunda prueba a realizarse en dos horas más donde las diez chicas volveríamos a enfrentarnos mamando la verga de nuestras parejas, Nikolay de mostraba confiado ya que tenía un plan para volver a hacer un evento majestuoso con mi presentación, por lo que me invito al spa y pago un masaje compartido para ambos en una misma habitación, estaba tan tensa por el embrolló en el cual ese hombre me había metido que no dude en agradecerle el gesto que me dejaría lista para el segundo desafío de la jornada, por lo que riendo conversábamos el plan de cómo lo íbamos a hacer preocupándonos de hasta el último detalle casi como si fuéramos profesionales de la industria pornográfica, si ambos estábamos excitados solo con pensar lo que íbamos hacer de seguro nos llevaríamos nuevamente el primer premio, sin embargo, no podíamos confiarnos ya que las otras chicas para poder recuperarse harían lo que fuera necesario en el escenario por destronarme del primer lugar que llevaba hasta ese momento. La confianza es el peor de los errores si quieres salir airosa de lo que sea.

Salimos justo a la hora desde el spa, cuando comenzaron a llamar a cada una de las chicas en el mismo orden, esta vez participaríamos con nuestras parejas en la orilla de la playa, todos en línea para que la filmación quedara perfecta, yo era la tercera junto a Nikolay y cuando nos mencionaron los aplausos y vítores se adueñaron del lugar, sin lugar a dudas las otras chicas podían estar muy preparadas, pero mi pareja era uno de los dos hombres que tenía el mejor cuerpo y no miento al decir que poseía la verga más larga, además, una era la que debía mamar y a quien terminaban evaluando y por lo menos en cuatro casos la participante contaba con una pareja completamente pasiva, de hecho a algunos de ellos ni siquiera se les paraba la verga, por lo que la sobredosis de viagra a esa hora debe haber sido alta, ya que ninguna quería perder.

Los hombres estaban de pie a la partida y las chicas de rodillas con su boca a la altura del pene de su pareja atentas de que se dé el silbato de partida, mientras la DJ Colombiana iniciaba la música y cada una de nosotras comenzaba a hacer lo propio con la verga de su pareja, en ese momento Nikolay saco el inmenso dildo de cristal y frente a todos lo puso en mi orto lo que sacó aplausos de inmediato al sentirse mi fuerte gemido por sobre los de las otras, yo tenía una voz muy femenina, en cambio había otras chicas hermosas que no contaban con la misma suerte y al hablar se le notaba un tono varonil que a mi pareja le desagradaba, por lo que de rodillas y con el dildo metido entero en mi culo comencé el ritual de una corta masturbación para tirar hacia atrás la piel que cubría la polla de mi pareja, para suavemente comenzar a besarlo y con la punta de mi lengua comenzar a acariciar cara uno de sus bordes, mientras ya habían chicas que lo estaban chupando de forma mecánica y a los cuatro minutos un grupo de estas no habían logrado tener la suerte de levantar el miembro de su compañero pasivo.

Anikka Petrov, Nong Tum, Tawnee Miller, Simone Carvalho y Alba Fernández, fueron lamentablemente descalificadas por no poder lograr levantar el pene de sus hombres, lo que genero abucheos entre la multitud, lo cual era injusto ya que las chicas no tenían la culpa mientras la competencia seguía y yo ya estaba envolviendo con mi lengua frente a todos el pene de Nikolay mientras con una mano sacaba casi por completo el dildo de mi culo para volver a ponerlo, eso causo excitación en muchos.

Yo ya comenzaba a chupar lentamente girando completamente mi cabeza de izquierda a derecha y luego a la inversa moviendo todo el interior de mi boca y garganta para incrementar el placer de Nikolay que era incapaz de mentir con la cara de caliente que tenía, sólo quedábamos en competencia yo junto a Irina Mikhailov y la japonesa Aiko Himura, ella y la rusa chupaban muy bien, teniendo hombres que las acompañaban de buena forma.

Sin embargo, había que rematar, por lo que me tendía en la arena con las piernas levantada y abiertas para que todos pudieran ver el consolador metido en mi culo, mientras un eufórico y lujurioso Nikolay se arrodillaba justo en mi cara y comenzando a tirar de mi pelo, mientras me daba palmadas suaves en la cara comenzaba a follar mi boca fuerte y profundo, mientras yo metía y sacaba el consolador, las otras chicas ya estaban listas ya que sus hombre habían eyaculado, pero el mío se las ingenió para ser el último y así ganar la atención de todos frente a nosotros para después de meter su polla hasta mi garganta sacarla tomándola con una maño y yo abriendo la boca para recibir con un cálculo preciso su semen volador en mi boca abierta y con la lengua afuera para luego voltear mi cara hacía el público con mi boca abierta y desbordada de leche, tragando frente a todos, los aplausos fueron grandes, pero no me detuve ahí ya que comencé a limpiar el pene de Nikolay frente a todos con mi lengua, saboreándome hasta dejarlo brillante, acción que nuevamente me llego a ganar la nueva prueba, lo que impedía que pasara inadvertida en la Isla y hacía que Nikolay se sintiera orgulloso de mi, ya que muchos tenían envidia por no ser ellos los que me habían elegido.

Estábamos transpirados por lo que nos fuimos discretamente a la habitación, requeríamos tener un descanso, ducharnos y prepararnos de buena forma para la última prueba, la más exigente, esa noche en el escenario y frente a todos teníamos que tener sexo en vivo, éramos buenos haciéndolo pero ya llevábamos 5 días cogiendo y no sabíamos si nuestros cuerpos estarían a la altura de un nivel competitivo, por lo que era importante descansar y dormimos durante dos horas abrazados para reponernos, el tiempo pasaba rápido y esta vez todas se jugarían sus más pervertidas cartas.

A diferencia del resto, nuestro plan era completamente inverso, usando mi clave de sorprender usaríamos otra estrategia que estábamos convencidos de que causaría buen impacto, quizás no ganaríamos pero si nos pondría dentro de las lista de los más hábiles e inteligentes a la hora de mostrarse en público, Nikolay me abrazo de frente y nos comenzamos a besar cómo novios, él me sonreía y yo coqueta le devolvía la sonrisa, pronto el abrazo fue más estrecho cerrando nuestros ojos y regalándonos un te quiero que quizás nunca deberíamos haber dejado que saliera, por lo mismo, entendiendo que era incorrecto declararnos algo así, preferimos cerrar nuestros ojos y quedarnos dormidos mientras cada uno iba escuchando y concentrándose en la respiración del otro, eso nos relajó y nos permitió ponernos a descansar para llegar a la última prueba.

Ya estábamos listos para la hora de la verdad, la competencia final, en el escenario las luces lo iluminaban todo, mientras habían 10 camas puestas a una distancia de dos metros una en comparación a la otra DJ Lanita ponía la música para la final mientras las parejas íbamos pasando una por una a medida que nos iban llamando con Nikolay entramos con sábanas blancas para adornar la cama, poniendo pétalos de rosa sobre ella, para luego esperar la partida, todos comenzaron a coger cómo si se tratara de una película pornográfica, mientras nosotros nos besábamos y acariciábamos tiernamente brindando con un espumante luego nos tendimos en la cama y a diferencia del resto comenzamos a hacer el amor cariñosos y cómplices, nadie se esperaba eso, nos comíamos a besos y llenábamos de gestos de amor, mientras yo con mis piernas sobre los hombros de mi pareja recibía con felicidad más sonrisas su pene, sus besos en mi boca me llenaban de alegría y temblaba cuando succionaba mis senos, era una escena romántica 100% opuesta a lo que hacían los otros, que por la energía que aplicaban se veían vulgares y acababan demasiado rápido hasta que quedamos solamente nosotros.

A esas alturas yo estaba cabalgando lentamente a Nikolay mientras él tomaba mi cintura y mis manos acariciaban mis pezones, las luces nos enfocaban sólo a nosotros y la música pasó a ser romántica, todos vieron que eyaculamos al mismo tiempo mientras mi pareja se tendía al lado mío para besarme mientras yo soltaba mi ano, y frente a todos dejaba ver cómo salía la gran cantidad de semen que él había depositado dentro de mí, el aplauso fue unísono, mientras no dejábamos de abrazarnos y besarnos olvidándonos de que estábamos frente a la mirada de cientos de personas, el saco desde una bolsa una rosa roja y me la regalo, mientras las votaciones nuevamente me daban cómo ganadora por paliza, sin embargo, estábamos tan preocupados el uno con el otro, que en lugar de saltar de alegría seguíamos abrazados y besándonos.

Pronto salió Franchini al escenario con el trofeo y un sobre, interrumpiéndonos para que nos sentáramos en la cama frente a todos, mientras pedía a las otras parejas que hicieran absolutamente lo mismo, la cara de frustración de las otras chicas era evidente.

- Buenas noches, ya me conocen, soy Franchini de Souza, hoy hemos disfrutado de una competencia espectacular y de un resultado inesperado, después de años realizando esta competencia es primera vez que una chica es capaz de ganar cada una de las pruebas, también es primera vez que la ganadora es una aspirante, lo que nos llena de satisfacción al certificar con esto la excelencia de nuestro proceso de selección. La señorita Alexia de Castro ha demostrado ser digna representante de la corona Miss Shemale Week, ya que nos deslumbro con cosas novedosas, asombrándonos cada vez que salía a competir. Ya conocen el premio en dinero de la pareja ganadora, sin embargo, en esta ocasión tan especial le pido a Alexia que se ponga de pie para recibir más novedades.

Estaba nerviosa y se llenaron mis ojos de lágrimas, la verdad hacer el amor con Nikolay había sido más mágico que recibir un premio, pero cuando pusieron la corona sobre mi cabeza fue como si varios sueños que tenía de niña se hicieran realidad mientras humilde y agradecida escuchaba con atención cada uno de los aplausos que dedicaban hacía mí.

Nikolay de ponía de pie para tomarme de la cintura y levantarme para besarme frente a todos haciendo un ademán con la mano para que me aplaudieran con más fuerza, momento que fue interrumpido por Franchini que seguiría entregando sorpresas.

- Así es, Alexia es especial, de hecho es la chica que en la historia de este resort más dinero ha producido por día y se puede ver la felicidad que ha generado en Nikolay que fue el que se adjudicó el derecho por esta con esta postulante a ser parte del staff de nuestra adorada Isla Shemale, por lo mismo, es imposible tener una ganadora que no sea parte del staff, por lo mismo desde este momento la señorita de Castro dejara de lado el bikini naranja y pasara a formar parte de nuestro selecto y hermoso grupo de chicas, felicidades mi niña, nos has cautivado, excitado e impresionado, mereces con creces firmar el contrato que traigo frente a todos nosotros, sólo les quedan dos noches junto a Nikolay y no queremos arruinárselas, para todo el resto las felicito por su esfuerzo, sin embargo, sólo puede haber una ganadora y en esta oportunidad es nuestra querida y nueva colega Colombiana, así terminamos esta tradición que se realiza en la semana de nuestro aniversario, gozando de una nueva reina que mantendrá la corona por un año completo. Pueden ir a disfrutar de nuestras instalaciones y los insto a seguir gozando de nuestro lujoso resort. Buenas Noches.

Luego Franchini se acercó a mi para abrazarme y felicitarme.

- Niña, nos has impresionado a todos no pierdas esa magia, espero entiendas que esto es un trabajo, Nikolay volverá a casa y no recomiendo que te enamores. Tu vida cambiará por completo desde este momento, disfruta y esperamos lo mejor de ti, cuenta conmigo, que siempre estaré para apoyarte.

Las palabras sonaron sinceras por lo que con Nikolay fuimos a sentarnos a la playa para beber una botella de vino, estábamos cansados y ya era tarde, por lo que después nos dirigimos a la habitación nos duchamos juntos sin parar de besarnos para luego tendernos en la cama y conversar un rato antes de ponernos a dormir, el tiempo pasaba demasiado rápido y sólo nos quedaba un día y medio juntos.

El sueño nos invadió mientras yo cansada pero feliz lograba un nuevo objetivo que me había planteado en mi vida, ya tenía un contrato fijo, ya era parte de ese lugar y no tenía los nervios de no ser seleccionada, fue como una mochila que me hizo dormir cómo una niña.

Juntos

Nuevamente Nikolay me solicitó quedarnos juntos en el cuarto durante todo el día, era nuestro último día y noche juntos, lo que nos obligaba a hacernos cargo de la química que existía entre nosotros y pasar un día focalizado en las caricias y el amor. Nos duchamos temprano y sólo salimos a desayunar para que limpiaran la habitación y cambiaran la ropa de cama, para pedir que prepararan el Jacuzzi para utilizarlo después de nuestro regreso, en el desayuno veía callado a mi compañero, cómo que por instantes su mente se perdía. En ningún momento soltaba mi mano, nuestro tiempo juntos desató cosas más allá del simple placer y deseo, le decíamos química, pero ambos sabíamos que estábamos al borde del abismo de que se transformara en otra cosa, Por lo mismo volvimos al cuarto para meternos al Jacuzzi y abrazarnos.

- Alexia, gracias por todos estos días, la verdad creo que esta ha sido por lejos la mejor semana de mi vida y te lo debo a ti, estoy feliz por tus logros, ca a ser duro mañana cuando me suba a ese taxi a la mitad del día, extrañare mucho amanecer junto a ti, no verte, ni sentir tu olor. Te soy franco, por lo general soy un hombre rudo, pero tú me has desarmado por completo, nunca me había sentido así.

- Mi vida, no te pongas melancólico, tu Alexia aún está aquí para ti y si dejamos que la pena nos invada no vamos a vivir de la misma forma el tiempo lindo que nos queda juntos, por favor, quiero una sonrisa.

En ese momento me senté sobre Nikolay y comencé a besarlo con cariño, mientras con mis manos acariciaba su rostro, él no me penetro de forma inmediata ya que no todo el coger en la vida y quedaba bastante día para tener sexo las veces que quisiéramos, por lo que fue una hora de besos por todo nuestros cuerpos, sin dejar de envolvernos en caricias, necesitaba verlo feliz, por lo que sin avisarle comencé hacer cosquillas suaves en sus axilas, jamás pensé que fuera tan débil al soportar ese jugueteo, ya que no podía contener la risa y estuvo a punto de orinarse mientras yo lo besaba y lo mordía juguetona sin dejar de usar mis dedos, lo que trajo su felicidad de vuelta por lo que se paró en la tina y con sus fuertes brazos me levanto por los aires para de pie cruzar mis piernas en su cintura, luego me llevó contra la pares besando mi boca, mientras yo levantaba más mis piernas para acomodar de mejor forma mi culo mientras seguíamos riéndonos, era el sexto día pero era la primera vez que lo hacíamos de píe, siempre innovando hasta los últimos momentos, pronto lo tenía sobre mi chupando mis tetas sin parar y cogiéndome con fuerza mientras mi gemidos volvían a invadir la habitación, él tenía fuerza y yo parecía ser una simple pluma que se movía con la fuerza se sus estocadas letales en mi orto, no tuvo piedad, esa era la venganza de las cosquillas, él duraba una eternidad por lo que no acabo en esa posición ya que mojados me saco del Jacuzzi completamente ensartada en él, para ponerme en el suelo con todo mi cuerpo sobre el a excepción de mis caderas y culos que con sus manos me hizo levantar, para poner su polla con fuerza dentro mío y comenzar a girar en círculos de pie dentro mío con sus piernas abiertas, sintiendo por primera vez cómo una verga iba cambiando su posición dentro de mí, lo que era caliente y me hacía gritar.
Nikolay excitado comenzaba a dar fuertes palmadas en mi culo mientras giraba, lo que aumentaba aún más su calentura, luego sacó su verga y me pidió que me mantuviera en esa posición, desapareciendo por un instante para volver con el dildo gigante y ensartármelo en el culo, insistiendo en que no me moviera.

¡Estaba clavada hasta las entrañas! En una posición incómoda y caliente cómo nunca me había sentido mientras el aparecía con una botella de Champagne y dos copas, para sacar el dildo de mi culo y rociar el licor en mi orto abierto para luego beber desde el, mientras se masturbaba para eyacular dentro de una copa, casi llenándola hasta la mitad dándome de beber de ella.

Él sabía que la leche era sumamente apreciada por mi persona por lo que me encontraba encantada de brindar con tan particular copa, algo averiada la verdad por lo duro que había estado el sexo, nuevamente el gentilmente ayudaba a ponerme de pie para tenderme de boca en la cama dejando descansar mi adolorido pero gozador culo, para volver a conversar y reírnos por un par de horas, la tarde estaba agradable en la habitación, hacía calor y nos duchamos muchas veces, nos arreglamos de gala para la ocasión, el de traje y yo con un vestido dorado y finas joyas de oro que enviaron a mi cuarto, para nuestra última cena juntos, nos tomamos la velada con calma sin ir a ningún espectáculo, ni a jugar al casino, ya los siete días estaban llegando a su término.

Después de una agitada mañana, volvía la paz y la calma a invadirnos mutuamente, creo que bebimos dos copas completas de un espectacular vino producido en California, disfrutando de un trozo de filete argentino cómo plato principal, nada mejor para recuperar las energías, aprovechándonos de los lujos que lamentablemente muchas personas no pueden llegar a conocer en el transcurso de su vida, luego fuimos a caminar por la orilla de la playa tomados de la mano, mirando la luna y riéndonos al mirar en retrospectiva nuestros días y noches juntos, la conversación era fluida y casi parecía que nos conocíamos de toda la vida, dándonos besos cada vez que a uno le nacía, sin obligación ya que se tornó completamente natural, para luego ir a la habitación.

La última noche

Fue una sorpresa encontrarnos con los detalles que habían preparado en la habitación cuando ingresamos a ella, chocolates, espumante, el Jacuzzi con burbujas, pétalos de rosas por doquier, velas encendidas por todos lados y un cuaderno con fotos y con los videos que nos habían grabado estando juntos, así Nikolay podría llevarse un recuerdo físico de nuestra semana juntos. Cada uno de los detalles estaban pensados al más alto nivel, haciendo de la experiencia en el resort una estadía única con el fin de que los clientes vuelvan, en un mercado que publicitaba lo justo, por el alto nivel de discreción que exigían muchos de sus clientes. Lo que era loquísimo, ya que mucha gente desconocía o creía que era una mentira o mito la existencia de aquel resort.

La noche no debía pasar rápido, por lo que haría lo posible para estirarla al máximo, después de todo él se iba al día siguiente y tendría medio día y una noche para recuperarme antes de recibir una nueva asignación y cliente a cargo, por lo que no me era un problema mantenerme despierta hasta altas horas de la madrugada por esa jornada. Así que destapamos las botellas de licor, pusimos música romántica y comenzamos a bailar abrazados, aún vestidos de traje de noche, la verdad hicimos una poco ruidosa, pero intima velada romántica en el cuarto, ¡hace tanto que no bailaba un vals!

De hecho, hasta en ese momento seguíamos descubriendo cosas nuevas del otro, ya que jamás me hubiera imaginado que Nikolay había estado en una academia de baile en Rusia, siendo casi un profesional que me guiaba de una manera magistral.

Pronto estábamos en la mesa de la terraza con una vista nocturna hacía la playa, bebiendo y haciendo lo imposible por evitar irnos a la cama tan luego, ya que a ambos nos costaba asumir que el tiempo nos dejaba cada vez menos chance de disfrutar de nuestros cuerpos, pero también si lo hacíamos en exceso podíamos terminar dañados, o peor aún, liquidar de mala forma los extraordinarios recuerdos arrojados por nuestro tiempo juntos.

Era difícil evitar decir palabra de las que después uno se va a arrepentir o si o si, sobre todo, a la hora de la despedida que ya se hacía inevitable mientras recibía un cálido beso que me estremecía de pies a cabeza. Ya era hora, por lo que partí al baño para vestirme con lencería sexi, parecida a la que usan las novias en su noche de bodas o luna de miel, mientras Nikolay preparaba la cama y sacaba sus ropas esperando que yo saliera hacía la habitación lista para entregarme a él, mientras me peinaba pensaba que cosa nueva podríamos hacer, ya que habíamos probado tantas posiciones sexuales que buscar una nueva que sea agradable y no resulte circense se ponía cada vez más complicado, ya que la gracia es disfrutar del sexo y no cometer el error de banalizarlo, por lo menos así pienso yo y menos con un tipo que te gusta, con el cual te gustaría volver a encontrarte en la vida si es que el destino así lo quería.

Ya había cabalgado en todas las formas, había estado en cuatro patas, con mis piernas en sus hombros, de lado, de pie, girando dentro de mí, con DP, 69, la verdad no me quedaban muchas opciones y me asustaba que el gusto por ese hombre estuviera provocando fallas en mi imaginación, ya iba en el maquillaje y seguía sin saber cómo sorprenderlo, estaba agobiada con su partida y el termino de la semana, la verdad tenía un bloqueo mental que debía asumir y ser sana para salir a hacer lo que él quisiera, quizás si me aplicaba mucha presión a mí misma perdería la naturalidad que tanto acostumbrada, por lo mismo sin ninguna idea salí arreglada hermosa hasta el cuarto y cuando llegué al mismo Nikolay me esperaba tendido sobre la cama con el pijama puesto.

- ¿Mi amor que haces? Pensé que ya estarías desnudo esperándome para hacer el amor, es nuestra última noche cariño, vamos, sácate la ropita bebé.

- Alexia, tú acabas de decir una palabra que lo resume todo, me dijiste mi amor y sabes que estoy confundido, de verdad lo único que quiero es llevarte conmigo, pues sé que seriamos completamente felices. Si lo hacemos una vez más puede empeorar la situación, esto no es normal, debería estar cogiendo cómo una vestía con una puta sin preocuparme de sentir nada por ella y tú haciendo tu trabajo sin tener tantas interrogantes, que ya me dijiste también te martirizan, si queremos tener una lindo recuerdo cómo pareja, sugiero que nos acostemos cómo si lo fuéramos y nos besemos por un rato para luego dormir abrazados diciéndonos que nos amamos, fingiendo que estamos en casa y que al otro día seguiremos juntos. ¿estoy hablando estupideces?

Las cosas de la vida el exceso de algo bueno puede terminar produciendo daño, Franchini lo sabía muy bien y me advirtió que lo que estaba ocurriendo en el cuarto podría llegar a pasar.

Acepto que era tentador jugar a ser marido y mujer, darnos un lindo beso y dormir abrazados como unos enamorados, pero la isla era para tener sexo y me habían contratado para lo mismo, por lo que no me podía permitir una actitud así por parte de Nikolay, ya que quería que volviera a la isla, por lo mismo fui a la cama me tendí sobre él y comencé a besarlo en la boca, mientras metía mi mano bajo su pijamas para masturbar su pene manteniendo una cara de caliente para que notara que no se iba a salvar de esa noche, luego me saque la lencería para acercar mis pezones a su boba obligándolo a chuparlas, mientras con voz cariñosa y sexual le decía,

- ¿Te vas a ir sin cogerte mis tetas?

Me puse de espaldas en la cama, desnuda y sumisa y junté mis tetas con mis manos invitándolo a poner su verga entre ellas, la tentación pudo más y en cosa de segundos Nikolay ya estaba sin pijamas sobre mi cogiendo con su polla mis tetas mientras yo levantaba mi cuello para pasarle la lengua a esa cabeza cada vez que aparecía desde la profundidad de mis senos.

Él estaba ardiente y comenzó a apretar mi pezones mientras con fuerza se masturbaba en mi pecho, cuando vi que unas gotas comenzaban a aparecerse saque mis manos dejando que en su embestida su pene siguiera de largo hasta caer directamente en mi boca, por lo que comencé a chuparlo mientras al mismo tiempo lo masturbaba con una mano y con la otra acariciaba sus bolas, toso eso ayudo a que se elevara la temperatura de la habitación y mi pareja estuviera nuevamente cómo un semental, ¿cómo no se me había ocurrido antes? La Rusa para un ruso, que descuidada había sido, lo chupé hasta el cansancio luego me tendí en la cama y le pedí que me tomara de los brazos inmovilizándome.

- Nikolay, te quiero, pero hazme el favor de bajarme desde el cielo y viólame como a una puta para que recuerde que esto es trabajo.

El hombre entendió mi suplica he hizo exactamente lo que le pedí, violándome cómo un animal, fuerte y despiadado, era la única forma de hacerme cargo de lo que me había dicho Franchini, romper el encantamiento y volver a ser una perra, mi culo dolía por la fuerza con que me daba sin que yo pudiera moverme, mientras sumisa sentía una vez más la tibieza de su leche llenando mi culo.

Despedida

El vuelo de Nikolay había sido adelantado por su aerolínea lo que nos encontró desprevenidos a la siete de la mañana, un taxi ya iba camino a buscarlo, mientras él se duchaba y yo lo ayudaba a preparar su maleta. Luego me duché y me vestí, no teníamos tiempo ni para desayunar juntos, por lo que fuimos caminando de la mano hasta la recepción, lugar donde hizo su check out y con ojos un poco alicaídos me miraba tiernamente mientras acariciaba mi rostro. Luego llegó su vehículo mientras las chicas de administración corrían para sellar una salida exitosa y entregar su maleta al chofer.

Caminamos tomados de la mano con nuestros dedos entrecruzados y apretándolos con firmeza sin decir ninguna palabra, luego nos abrazamos y nos dimos un largo beso en la boca para verlo partir sin saber si volveríamos a encontrarnos.
Era hora de ir a mi cuarto de espera, por lo que le pedí a la recepcionista que me entregara las llaves de este, asumiendo que el nudo que tenía en la garganta casi no me dejaba hablar, era el final de una de las mejores semanas de mi vida y todo gracias a ese hombre. Cuando me di la vuelta me encontré justo frente mío a Franchini que con cara empática me observaba.

- Alexia haces tan bien tu trabajo que sé que tienes sentimientos reales por su partida, lo que te hace distinta a todas las demás chicas que hay en el lugar, transformándote en nuestro más grande descubrimiento y a su vez en un pequeño dolor de cabeza.

Las palabras de mi jefa me asustaron, pensando que había hecho algo indebido.

- Franchini, perdón si hice algo fuera de las normas, no sabía si era correcto venir y despedirme.

- Alexia de Castro, eres tan verdaderamente correcta que me impresionas, tranquila que hiciste bien en venir a despedirte y descuida que los dolores de cabeza no se deben a nada malo, de los cuarenta visitantes que recibiremos el Lunes el 60% pidió estar contigo, has hecho que corramos para intentar dejar conformes a todos con soluciones alternativas, sin embargo, te aviso que mañana tendrás un gran desafió ya que hay un cliente que viene sólo por una día, él es un futbolista famoso y pago lo mismo que una semana sólo para estar contigo. Él es latino cómo tú y su fama nos ha obligado a triplicar la seguridad de las instalaciones, es conocido por su gusto por el sexo duro, por lo que solicitó un cuarto con elementos de sumisión. Querida tendrás un día movido.

Ya lo sabía, del cielo pasaría al infierno de una vez, gracias a dios sería solo un día y recibiría la paga de una semana por lo mismo, por lo que me mostré resignada ya que era mi trabajo y no era la primera vez que iba a lidiar con el sadomasoquismo.

- Tranquila Franchini, ese es mi trabajo.

Mi jefa me miró satisfecha y luego me dijo,

- Tienes admiradores diversos, de hecho, alguien se quedó dos días en el hotel solo para esperar que estés sola, siento arruinar tu día de descanso, pero sebes ir a arreglarte, luego las chicas te llevaran al cuarto del cliente. Será hasta el amanecer, es increíble pago 10 mil dólares por ti, de hecho, ya se te transfirió la mitad. En tu cuarto para arreglarte deje una laptop para que puedas transferir a tus padres, eso sí, después se llevaran el equipo, cuando se vaya el futbolista te daré dos días de descanso.

Uff, no había descanso, pero trabajo es trabajo, igual es un halago que alguien espere y pague una fortuna por una, por lo que la curiosidad hizo que preguntara.

- ¿Puedo saber cómo es el cliente que atender hoy?

Franchini sonrió.

- Creo que no te molestara tu tarea de hoy, ella es mujer y está encantada contigo, es DJ Lanita, será bueno para ti compartir con alguien de tu país.

No podía creerlo, esa chica quería estar conmigo y yo era fiel seguidora de ella, por lo que corrí a arreglarme, ya había estado con mujeres, pero ella era la única que realmente me producía cosas, era tan bella pero tan varonil a la vez, eso sí que sería un desafió.

DJ Lanita

La músico era delgada, rubia, pelo corto, ojos claros, senos pequeños, piercing en el ombligo, clítoris, pezones, tatuajes en todo el cuerpo, bella de cara, actitud ruda. Esa era Lanita, una famosa DJ que desde Colombia había cruzado las fronteras, desvergonzada y libre, completamente declarada pansexual, sus videos musicales siempre cargados de erotismo acompañaban sus espectaculares ritmos con letras llenas de erotismo. En una entrevista había declarado que su nombre lo eligió en honor a una naciente estrella latina del porno transexual, para apoyar la carrera de Lanita hot, se le conocía por sus públicos romances con hombres y mujeres del espectáculo. Con 22 años era una millonaria que había conquistado al mundo y las nuevas generaciones la seguían por su ambigüedad sexual. Ruda y a veces de carácter varonil, la bella muchacha me volvía loca, siendo la única mujer que admiraba en el mundo y en ese momento caminaba hacia su cuarto, ella me quería en su cama y yo no podía dimensionar ese momento, cuando entre a su cuarto la delgada mujer de 1,75 centímetros de altura me esperaba con lencería negra y un arnés con un inmenso dildo con los colores de la bandera gay. Fue impresionante la sonrisa que me entrego la chica más rebelde de las cafeteras, autoproclamada adicta a las drogas y el sexo.

Cerré la puerta y ella sonrió al verme con el bikini rosa que ella había elegido para mí, se acercó como una gacela, sigilosamente y comenzó a rodearme dando vueltas en círculos a mi alrededor, para acercar su nariz a mi cuerpo y olfatearme como una depredadora.

- Alexia de Castro, la nueva reina y la más hermosa, seductora y sensual puta con pene que he visto, no sabes como he esperado por ti, me calentaba verte hacer todo lo que hiciste y aun así te percataste de que con mi sonrisa coqueteaba contigo. Perra y bella, no esperes nada bueno de mí y yo solo quiero obediencia de tu parte, haces honor a nuestra tierra, ahora pondré música y quiero que me bailes mientras te desases del bikini, bailaras hasta que yo diga, quiero ver que te masturbas cuando lo haces. Que hermosa eres, hoy vamos a coger como si el mundo dependiera de ello, no saldremos de este cuarto y te advierto que no soy de detenerme, si eres obediente disfrutaras, si no, me encargare de castigarte. ¿Entiendes lo que te digo?

Su voz exquisita y sus palabras cargadas de perversión me pusieron a bailar de inmediato mientras ella se sentaba en la cama y ponía cocaína en una bandeja de oro, para dar una aspirada que la enloqueciera mientras me miraba con ojos de promiscua.

- Señorita Lanita, seré obediente y si hay algo que no le satisfaga siéntase con la libertad de castigarme.

Mis palabras la calentaron aún más mientras yo bailaba sensualmente sacando la parte superior de mi bikini, y besando mis tetas, ella observaba y acariciaba sus aretes que estaban enterrados en la carne de sus pezones torciéndolos para sentir dolor y placer mientras los mismos se le endurecían, luego saque la parte de abajo de mi bañador y con mi verga erecta bailaba y me masturbaba mientras ella ponía otra línea de cocaína en la bandeja para acercarla hacia mí y hacerme jalar el letal polvo blanco con un billete de mil dólares que ella había enrollado mientras comenzaba a besarme y me decía al oído.

- ¡No pares de bailar perra!, yo diré cuando te detengas.

La droga me excitó y dilató por completo, no era una chica de drogas, pero con mi ídola podía hacer una excepción mientras la diosa de la música se arrodillaba para chuparme mi verga. La chupaba fuerte como una desesperada, mientras con mi baile me masturbaba suavemente con su boca.

Ella volvió a ponerse de pie y me tomó del pelo para arrastrarme y tirarme en la cama, me besaba metiendo toda su lengua en mi boca, mientras los dedos de su mano se insertaban en mi culo, furiosa me dio vuelta y comenzó o coger mi culo con su dildo que era tan largo hacía mi orto cómo grueso hacia su vagina, manteniéndola abierta en todo momento gracias a su juguete preferido de ambas puntas. Se movía fuerte y me tiraba del pelo mientras gritaba como una calentona enferma, yo gemía de dolor y placer, mientras ella no se detenía con nada. Era una máquina sexual hecha hembra.

Sus movimientos eran perfectamente coordinados, ¡se notaba que era música!, además, ella cuando pequeña había estudiado danza moderna, lo que la hacía tener una agilidad y flexibilidad particularmente avanzada en comparación a mí, que ya me consideraba buena en las artes sexuales, mientras seguía penetrándome fuerte el trasero, para luego sacar el dildo y ponerlo en mi boca moviéndose en ella mientras me decía,

- Tómale el sabor a tu propio culo, deja limpió ese juguete.

Yo obedecía mientras ella me pasaba su lengua por toda la cara y me daba un par de palmadas en la misma mostrando quien era la persona dominante en ese cuarto, para después con otra mano apretar fuerte uno de mis pezones haciéndome gritar de dolor, mientras Lanita reía y seguía follando mi garganta. Era una vestía que me hacía gozar el ser sumisa, no siempre es placentero ser la esclava de alguien, sin embargo, en esta oportunidad era una fantasía que por su historial yo sabía que sería así de violenta y tóxicamente excitante. Mientras mi enorme verga estaba dura y ella la masturbaba con una sonrisa morbosa.

Ella sacó el dildo de mi boca sacándose el arnés y abriendo sus piernas mostrando su vagina mojada y con pequeños vellos rubios, estaba dilatada y le caía el jugo, por lo mismo en base a sus indicaciones me puse sobre de ella para meter mi pene con suavidad, ella grito y enterró sus uñas en mi espalda, mirándome con cara de placer.

- Alexia, no estoy para juegos, si vas a cogerme hazlo con todas tus fuerzas, quiero que me des como la perra en celo que soy, no dudes en acabar dentro de mí, eso lo decido yo y te lo diré en su momento, si no te hablo debes hacerlo.

Comencé a cogérmela con todas las fuerzas, mientras con mis manos giraba los aretes de sus dos pezones logrando que gritara, al mismo tiempo que nuestras lenguas se juntaban y la saliva caía sobre nuestros cuerpos producto de lo caliente que ambas estábamos, ella era bella y no podía decírselo, de hecho, debía evitar hablar si es que ella no me lo pedía.

Los gritos de Lanita retumbaban en mis oídos y al sentirlos, conociendo su fama comencé a metérsela con todas mis fuerzas, soy pasiva, pero me encanta meter mi pene de vez en cuando, más con una mujer deseada por la mitad de las personas que vivían en el planeta.

Ella sujetaba sus manos en el respaldo de bronce de la cama, ya que el castigo que mi polla daba a su verga la estaba superando, lo que al parecer buscaba hace mucho tiempo. Una hembra ninfómana cómo ella anda siempre en una búsqueda constante de alguien que apacigüe su calor interno, no todos lo logran y eso las hace llegar a la promiscuidad a través de su proceso de selección, iba bien, ella abría y levantaba más las piernas y gritaba cómo una puta.

- Dale Alexia, más fuerte, Ayyy, más fuerte. rómpeme el coño.

Suelo durar mucho cuando me cojo a alguien, de verdad nunca había estado tanto tiempo dura, fueron casi veinte minutos tirándomela cómo si fuera un animal, fuerte y sin parar, hasta que comencé a gemir mientras no se escuchaban mis lamentos con sus gritos, pronto mi semen llenó su vagina y después de casi cuatro orgasmos consecutives.

Lanita tuvo uno muy extenso que la hizo sacudirse, mientras yo me quedaba agrazada sobre ella con mi pene encajado en su coño, pues desde el seguían saliendo pequeños chorros de semen al tiempo que las sábanas se manchaban con el mismo ya que la vagina de Lanita ya no podía mantener tanta leche dentro de ella.

Ella me besaba con el mismo nivel de calentura de comienzo, ¡esa mujer no se detenía con nada!

- Alexia, no quiero ir a limpiarme al baño, baja hasta mi coño y límpialo, es tú leche hasta cargo de ella tomándotela y limpiando toda mi entrepierna con tu lengua, quiero verla brillosa después que termines.

Nunca me habían pedido eso, así que obedientemente baje hasta la entrepierna de una Lanita que tenía sus vagina llena de semen y comencé a succionar bebiéndolo todo, mientras con lo lengua sacaba el contenido del mismo usándola como una pala, realmente mi eyaculación había sigo abundante ya que pensé que nunca iba a terminar de comérmelo todo, sin embargo después de cinco minutos, sólo faltaba limpiar el clítoris y los labios vaginales de la chica, al hacerlo vi con mis propios ojos cómo su clítoris volvía a ponerse duro mientras escuchaba la respiración agitada de la joven DJ que volvía a calentarse.

Ella me exigiría nuevamente, así que saque el viagra que me entrego Franchini y tome agua para tragarlo desde la mesa que estaba junto a la cama, mientras mi compañera me indicaba que me ponga de cara hacia la cama y comenzaba a darme fuertes palmadas en el culo, con cada golpe salía un quejido y gracias al medicamento mi verga comenzaba nuevamente a levantarse, ya estaba terminando la tarde y no habíamos parado ningún segundo desde que entre a su cuarto, mientras seguía golpeándome con objetivos sexuales, diciéndome cosas sucias que más elevaban mi polla.

- Me encanto partirte el orto, pero te vengaste perra, tuve cinco orgasmos y tú solamente uno, me imagino que esa es la gran ventaja de ser mujer, llegar al clímax tantas veces que una quiera sin tener que usar ningún tipo de medicación, dejaste limpia mi vagina, se nota que eres la perra más pulcra de este lugar. La putita con clase pagaría por comprarte y tenerte de mascota en mi casa de Miami, ya tengo dos esclavos en ella, un joven negro con una polla inmensa y una jovencita tan caliente cómo yo, ahora deben estar comiendo desde su plato de perro que les tengo en el suelo, son mis mascotas y a ellos les encanta serlo. Sin embargo, no logran llevarme al nivel que tu consigues, hablare con Franchini, estoy dispuesta a triplicar lo que pagan por ti en este lugar. Eres la hembra más rica que he visto en mi puta vida.

Lanita me hablaba, mientras de la mesa de luz sacaba un dildo gigante terminado en dos puntas de pene, una por cada lado, insertándoselo frente a mis ojos en su vagina y corriendo su cadera hacía mi para que yo hiciera lo mismo con mi trasero, ambas estábamos atravesadas y ella comenzaba a moverse mientras yo chupaba sus pequeños senos, tirando con mis dientes de su piercing, ella sonreía y gritaba, mientras el nivel de calentura iba en aumenta.

Ya deben haber sido las 9 PM y habíamos comenzado a las 2 PM, eran siete horas de sexo ininterrumpidos, una hazaña hasta para una mujer como yo que vivía del comercio sexual.

Ambas teníamos el pelo mojado por el clima del lugar y la cantidad de sudor producto de el gran esfuerzo físico que seguíamos llevando adelante, si ella no frenaba yo tampoco lo haría, la DJ me estaba desafiando en cada momento, por lo que debía hacer lo mismo, intentando de sorprenderla cómo había logrado hacer con todos mis clientes, el dildo era enorme y ella se encajaba casi 30 centímetros gimiendo pero en una actitud increíble ya que parecía acostumbrada a cosas peores.

Ella debía recordarme, si quería una perra de verdad debía tenerla, Lanita no era Nikolay ni buscaba ternura, tampoco era una sádica sólo una enferma sexual, por lo mismo debía actuar de forma certera y hacer que valiera la pena que hubiera estado a la espera durante dos días para estar conmigo.

Ella le daba palmadas a mis tetas y mordía mis pezones, era un demonio hecho de fuego y eso la transformaba en un ser particularmente interesante, me fascinaba su cuerpo y sus tatuajes, no me gustan las vaginas, pro ella a diferencia de las otras chicas no se la rasuraba, sólo la recortaba, viéndose muy bien sus vellos completamente rubios en ella, la joven tenía un culo apretado, no muy grande pero preciosos, era la versión rubia de Ruby Rose, ya que eran muy parecidas y sólo las diferenciaba el color de su pelo, ya que su forma de moverse era similar, esa es otra chica por la cual yo pagaría por estar. Pero si bien ambas gemíamos excitadas gracias al dildo, eso es algo que cualquiera puede hacer en su casa y ya nos acercábamos a las 10 PM, por lo que era hora de tomar las riendas de la situación y vengarme, ella debía ser la que recibiera castigo.

No dude en sacar el dildo de mi culo, tomar del mismo para sacarlo de su vagina, ella observo mi verga erecta al máximo nuevamente, por lo que me puse sobre ella para comenzar a besarnos cómo locas, luego le dije suave.

- Lanita, date vuelta y levanta tu culo, no pagaste por mi para estar jugando como niñas con un dildo, he visto cómo observabas mi polla en las competencias, tu coño estaba exquisito, pero aún no se que tan estrecho esta tu ano.

La DJ abrió sus enormes y preciosos ojos, mordiendo sus labios en señal de calentura,

- Eres osada, eso me gusta de ti, buscas cambiar el statu quo constantemente, con razón todos están enloquecidos por tenerte cerca, perra rica.

Solita se puso en cuatro patas, se notaba que era una posición que le agradaba mientras llené mis dedos de lubricante anal, de esos que tienen un poco de componentes que disminuyen el dolor, al introducirlos la sentí tibia pero apretada, ese culo tenía poca experiencia de ahí mi oportunidad de llevarla a límites que no conocía. Lanita no sabía lo que se le venía por delante mientras con mi mano tomaba mi verga y comenzaba a acomodarla dentro de su culo, mientras ella comenzaba a gritar y eso que todavía no alcanzaba a meter la punta de este.

Fui yendo suave para que fuera menos doloroso para ella, ya que a pesar de usar una crema especial para reducir el dolor de una penetración anal gruesa y de tamaño considerable, la misma no dejaba de ser fuerte para la persona que la recibía, diciéndolo de primera fuente al ser una orgullosa pasiva.

- ¡Ayy, Alexia mételo con fuerza!

Los deseos de un cliente suelen ser ordenes para mi por lo mismo no dude en embestir introduciendo mi polla por completo, mirando cómo su cavidad anal de abría enormemente, lo que produjo un gritó de intenso dolor por parte de la mujer, eso era justamente lo que quería así que en lugar de detenerme comencé a coger su orto con fuerza, bendito viagra, después de 7 días cogiendo sin parar era la única forma de superar mi agotamiento después de haber perdido el día que tenía de descanso, la exigencia con Nikolay fue distinta ya que una como pasiva puede regular mejor los tiempos y exigencias, sin embargo, con Lanita era distinto, la DJ me estaba obligando a consumir cada una de mis energías mientras movía fuerte mi cadera para insertarme en su culo hasta el borde de mis bolas, hace mucho que no sentía a alguien gemir con tanta brutalidad, ella me pedía seguir, estaba desbocada, mi responsabilidad era no detenerme en ningún instante, mientras ahora era yo la que le daba palmadas en su trasero y ella lo levantaba casi pidiendo recibir más castigo, ¡increíble! No había cómo lograr que se frenara.

Dos orgasmos más por parte de la mujer y yo me encontraba a punto de lanzar mi esperma dentro de ella, cansada y con el cuerpo mojado tanto transpirar, pensé que me desmayaría después de terminar, por lo que cuando eyaculé dentro de ella me tendí sobre su espalda agitada y suspirando por todo el trabajo realizado, esperando que eso calmara de una vez su calentura. Mi respiración y la de ella eran fuertes, parecíamos perras con sed que con la lengua afuera muestran que están al borde del colapso. Ella parecía haber cedido de una vez por todas, quedándose quieta conmigo encima hasta las 12 de la noche. Yo sólo quería dormir.

No pude estar más equivocada, ya que ella volvió a consumir otra línea de droga que la reincorporó por completo, ¡pobre de mí! No tendría descanso y al otro día tenía otro cliente igualmente particular, por lo que debía mostrar cara de vivas, no era opción verme cansada, dándome ánimo para someterle a las nuevas y soterradas locuras que pudieran ocurrírsele en la turbia mente a la artista nacida en mi país. Mientras me imaginaba a todo lo que debía someter a los esclavos sexuales voluntarios que tenía viviendo con ella, lo que no dejaba de parecerme medieval, pero el poder del dinero permite cualquier cosa, hasta las más extrañas.

- Alexia, aún no amanece, te dije que sería una jornada larga y dificultosa para ti, estabas equivocada si por tu cabeza paso por un instante que me iba a detener. Mírame, aun estoy con ganas de seguir, así que mi niña dedíquese a seguir con su trabajo que hasta ahora va magníficamente.

La mente de Lanita DJ estaba perturbada, ya que además de querer estar pegada todo el rato no daba tregua a quien estuviera con ella, yo no sabía que más se le podía ocurrir, más si después de eyacular mi pene estaba agotado pues el efecto del viagra se había detenido, mientras la joven de pelo corto me agarraba del pelo y jalaba mi cabeza hasta la bandeja que contenía el polvo blanco y me obligaba a respirar sobre el mismo, lo que me hizo reaccionar y trajo nuevos bríos a mi cuerpo sintiendo sus perversas carcajadas al ver la sumisión que yo volvía a mostrar después de habérmela follado con todo lo que tenía.

Ella se sentía una verdadera emperadora y quería recibir retribución hasta por el último centavo que había cancelado para estar conmigo.

Lanita abrió sus piernas y me obligo a darle sexo oral nuevamente, no hay nada más fácil que lamer el cómo de una mujer, por lo que aprovecharía de descansar mientras lo hacía logrando que el tiempo volara para terminar una nueva atención exitosa, ella volvía a enloquecer y se sentó sobre mi cara saque mi lengua mientras ella comenzaba a frotar su coño en una cabalgada que la tenía perdida en los espacios producto de las drogas mientras mi lengua podía sentir el arete que ella tenía incrustado en su clítoris tomándolo al juntar mis dientes para jalar de él suavemente, lo que la hizo gritar comenzando a darme suaves cachetadas en el rostro mientras desquiciadamente me ordenaba que siguiera haciendo eso. Otra vez gimió en un intenso orgasmo y esta vez logre que cayera rendida sobre la cama, aceptando que se encontraba fuera de combate.

- Felicidades cariño, es primera vez que siento que logro apaciguar mi calentura, eres tremenda. Se que a veces me vuelvo un tanto violenta y no es por ser mala tipa, sólo pierdo el control, no puedo más, Alexia te deseo lo mejor, eres una Shemale de culto. Tu has logrado que descubriera que mi verdadero placer no descansa ni en hombres ni en mujeres, mi afinidad sexual va justo en el medio con chicas cómo tú. Es un gran descubrimiento que hace que valga la pena el haber esperado dos días por ti.

Después de hablar, quedo dormida, las drogas y el alcohol, más todo el esfuerzo que había hecho la habían dejado planchada sobre la cama, al otro día viajaba temprano por lo que nos duchamos juntas y en el acto nos masturbamos mutuamente y ella me lo chupo por última vez pero ahora de una forma más controlada y suave, para luego vestirnos y acompañarla hasta su taxi, antes de partir Franchini se presento para darle la despedida extendiéndole la invitación para que volviera cuando desee.

- Querida Lanita, espero que haya valido la pena tu espera.

Lanita estaba desecha, agotada y pálida, con lentes de sol oscuros que ocultaban sus ojos rojos producto de la fiesta sexual, por lo que miro a la anfitriona y le dio un beso en la mejilla para decirle unas palabras antes de partir.

- Franchini, este Resort es lo mejor que me ha tocado visitar en mi corta carrera, gracias por haberme contratado y darme la posibilidad de esperar a Alexia, de verdad la espera valió la pena, de saberlo créeme que hubiera esperado más tiempo para tener una jornada cómo la que tuve, esa muchacha tiene fuego en sus manos y cuerpo. Te llamare pronto ya que quiero hacer negocios contigo, sé que estas orgullosa de tu nueva chica y que ella está feliz de estar aquí, sin embargo, la quiero en mi casa por lo que me encuentro dispuesta a pagar lo que sea necesario al Resort y a ella, mis abogados te enviaran la propuesta, de ahí hablamos por teléfono.

- Estimada Lanita, evaluaremos tu oferta cuando llegué, sin embargo, también depende de Alexia un cambio así, por supuesto que estaremos en contacto, nos vemos cariño y que tengas un buen viaje.

La conversación me impresiono y acompañe a la DJ hasta el taxi, ella me abrazó y me dio un beso en la boca, luego se subió al vehículo y se marchó. Franchini me miraba y movía la cabeza con una sonrisa en la boca.

- No se cómo hiciste para controlar a esa psicopatía sexual, la verdad temía por ti ya que he escuchado historias, que parecen cuentos, de hombres que jamás lograron volver a tener una erección después de estar con ella, no sé qué les hace, pero los deja impotentes después de cogérselos cómo una fiera. Me imagino que estas extenuada, por favor ve al cuarto de descanso para que te duches e intentes de recuperarte un poco, el hombre del cual te hable llaga a las 9 AM al hotel, sólo estará durante la noche y no saldrá de su habitación, ya coordine un helicóptero privado para que lo saquen de aquí con la mayor de las discreciones, este tipo de visitas me enorgullecen pero desafían la seguridad del negocio, es mucho dinero rápido pero si lo manejamos mal puede ser nuestra peor pesadilla, sólo confío en ti para algo así, por favor descansa un rato, después tendrás tus dos tan merecidos días en que te llevare al sector vip donde no hay clientes y puedes vivir unas minis vacaciones de dos días. Ha sido impresionante las ganancia de tus videos, te felicito, antes de administrar este lugar yo fui una chica de servicio cómo tú, realmente me cambio la vida y creo que a ti también. En el cuarto de descanso esta la laptop para que puedas ordenar tus finanzas, por favor después descansa. Estoy preocupada, no todos los días recibimos la visita del máximo goleador de Europa.

- Franchini, te agradezco la confianza, no te fallare, ya he pasado por jornadas sadomasoquistas, son exigentes, pero es mi trabajo, si decidí postular aquí fui capaz de ponderar todo lo bueno y lo malo, es mi trabajo, después podré descansar. Si la empresa donde trabajo tiene éxito eso también es bueno para mí, gracias por guiarme.

Parecía entera, pero cuando llegué al cuarto de descanso pude transferir a mis familias y enviarle un pequeño correo siguiendo los protocolos estrictos de comunicación que figuraban en mi contrato, sólo les decía que estaba bien y más feliz que nunca, en siete días había hecho más dinero que en un año en el lugar más VIP de España, era de locos, luego me tendí sobre la cómoda cama y dormí cómo una niña, ya se vendría una nueva noche agitada para obtener el ansiado descanso que merecía, mientras en mi mente me reía por haber estado por Lanita y deseaba lo mejor a Nikolay en su regreso a casa, en siete días había pasado por tanto, mis pensamientos comenzaron lentamente a apagarse hasta quedarme dormida, despertándome a las 8PM, tenía una hora para prepararme y el traje de látex estaba listo a los pies de mi cama.

Balón de oro

Nunca había visto tanto nivel de seguridad en un lugar, mientras más de un helicóptero se sentía sobre las dependencias de la Isla Shemale, los accesos VIP del recinto son completamente privados y fuera de la vista del resto de los visitantes, existiendo protocolos exigentes y accesos secretos que llevaban hasta el cuarto más lujoso de las instalaciones, aunque no me crean guardias armados cuidaban celosamente del sector durante todo el tiempo que la visita estuviera en el lugar, la comida, bebidas y drogas si eran requeridas eran certificadas por especialistas reconocidos para eliminar al máximo los riesgos, lo mismo se hacía con los elementos sexuales y sadomasoquistas que se instalaban en la habitación evitando elementos que pudieran traer perjuicios graves.

Franchini pensaba en todos los detalles y por lo mismo contaba con un área médica en el lugar, con especialistas altamente calificados más pabellones, máquinas e instrumental más avanzados de los que tienen las clínicas de alto prestigio en el mundo.

El resto de los turistas hacía su vida sin darse cuenta de nada distinto, pero el personal esencial estaba coordinando otras tareas, no era primera vez, ya que hasta presidentes y reyes habían pasado por esas instalaciones, para mi jefa era estrés adicional, pero no dejaba de ser una oportunidad de poner a prueba nuevamente a todo su equipo, sin margen de error, mientras yo me vestía con un traje de látex que dejaba mis senos, verga y culo descubierto y desnudo, me maquillaba con todos rojos y negros, rociando mi cuerpo con un spray de feromonas más varias descargas de Chanel N°5, luego llegaron las peluqueras para prepararme, mientras yo me ponía unos tacos de aguja con más de 15 centímetros de alto.

Por el riesgo que implicaba algún tipo de corte durante esa noche no usaría ningún tipo de joyas, la verdad no estaba nerviosa era un desafío más del cual tenía que salir airosa, esa era mi misión y debía conseguirla, mientras el helicóptero que traía a mi acompañante de esa noche ya comenzaba aterrizar en el helipuerto de la zona VIP, por lo que por pasillos que no conocía y acompañada de dos guardias comenzaba mi marcha hasta la habitación, respirando hondo, un último esfuerzo y luego tendría mi descanso, además esa era una noche de millones que aun no estaban en mi cuenta, bien por la educación de mis hermanos.

Cuando ingrese a la habitación, no daré nombre por discreción pero estaba frente a uno de los hombres más conocidos y guapos del mundo, el sonrío al verme entrar y espero a que se cerraran las puertas para acercarse a mi quedando frente a frente sacando su lengua y pasándola por mi cara, era el inicio de la noche, donde me llevo hasta una cruz de sadomasoquismo donde puso los seguros de mis manos y piernas quedando con las mismas abiertas y con los pies en el suelo, mirando inmóvil de frente hacía él, mientras el tipo tomaba una copa y sacaba una fusta negra con la que camino hacia mi y comenzó a darle fuertes golpes a mi verga hacerme gritar por el dolor, situación que lo hacía reír al sentirse superior frente a la oveja que tenía esclavizada frente a él.

Mi cuello estaba figo con cadenas a la cruz de madera, por lo que no podía ver si estaba causando reales en mi pene ya que me dolía mucho, luego comenzó hacer lo mismo con mis tetas, las cuales habían trabajado una enormidad esa semana y por forma natural suelen ser altamente sensibles, volviendo a dar golpes duros contra ellas, mientras yo lloraba y gritaba, el dolor era real, no estaba actuando y eso era lo que el cliente quería, por lo que había pagado, quería ver sufrir a la chica más guapa de la Isla Shemale, aplicándome ese castigo por casi media hora, para después soltar mi amarras para girarme y volver a atarme en la cruz ya que ahora los goles serían contra mi culo, pero antes de hacerlo metió un dildo más frío que de costumbre, yo no podía verlo, pero di un alarido cuando sentí la primera descarga eléctrica dentro de mí, el juguete sexual tenía dos electrodos para darme descargas que me produjeran dolor pero no daño.

Luego estando de espaldas puso un gancho metálico en mi pezón derecho, otro en el izquierdo y uno con forma de anillo que envolvía la punta de mi verga, todos ellos igual de helados que el que puso en mi culo, en ese momento llegó la nueva descarga, mientras mi verga, tetas y trasero ardían y se contraían por la energía eléctrica que los azotaba cada quince segundos, mientras con la fusta el hombre golpeaba mi culo sin ninguna compassion.

Esa fue una hora más de tortura en el que reía al ver cómo el dolor me iba desvaneciendo y dejándome más vulnerable, que era justamente lo que quería, mientras amarrada ponía una correa en mi cuello, para luego sacar los objetos con que había torturado mi cuerpo soltando mis ataduras, para guiarme hacía la cama que tenía amarras para la las muñecas y los tobillos en cada uno de sus bordes, empujándome fuerte sobre ella, para volver a inmovilizarme manteniendo mi culo hacia el techo, completamente abierta de piernas y manos, ya eran las 10:30 PM, no sabía que se venía pero quedaban tan sólo siete horas y media de tortura, algo que creía poder aguantar, aunque el inicio había sido más fuerte de lo que esperaba.

El tipo comenzó con un látigo de genero a golpear mi espalda, yo no podía gritas ya que había puesto un bozal con un dildo que se encajaba en mi boca que no me permitía hablar y lograba silenciarme, por lo que mi mente sólo pensaba en soportar el castigo, también había vendado mis ojos por lo que a oscuras sentía cada golpe que él me propinaba en mi espalda, hombros, trasero y piernas.

Luego sentí que volvía a poner un dildo en mi ano, mientras comenzaba a recibir goles el mis pies, sólo era capaz de escuchar su risa neurótica y endemoniada, aún no entiendo cómo algo así les puede generar placer, sin embargo, hay gustos para todo.

Ya habían pasado horas, pero estaba casi inconsciente y la noción del tiempo no era la misma, los golpes se habían detenido por un instante, sin embargo, sentí que se puso tras de mí, tendiéndose mientras al oído no dejaba de decirme.

- Sólo eres una perra, una puta.

Y comenzó a violarme con fuerza, cada vez que su pene llegaba al fondo de mi ano lo único que salían eran lágrimas de mis ojos sin poder gemir, adormecida y cansada, el tipo no se frenaba, siendo violento en su penetrar, el infierno mismo vivido en tan solo una noche, quería morirme del dolor, mi pene, senos, y todo mi cuerpo me dolía por los golpes más las descargas eléctricas, en algún momento llegué a entrar en pánico pensando que algo malo podía ocurrir ya que lo sentí eyacular dentro mío pero su respiración y gemidos seguían siendo los de un animal que no quería detenerse luego soltó mis ataduras para darme vuela mirando hacia el techo, pude sentir que tomaba una de mis piernas y la amarraba a una cadena que colgaba desde el techo, lo mismo hizo con la otra, quedando con de la cintura hacia abajo en el aire mientras sacaba la venda de mis ojos pero no el bozal.

Su cara se mostraba enloquecida, yo no sabía que era lo que iba a seguir por lo que miré el reloj en la pared y al ver que ya eran las 3 AM, sólo me conformaba el tener la claridad que restaban sólo tres horas de tortura, mientras el me golpeaba con sus palmas en la cara para mantenerme despierta.

Mis temores aumentaron cuando frente a mis ojos comenzó a ponerse un guante de látex en su mano derecha, era negro y casi le llegaba hasta el codo, mientras con su otra mano lo comenzaba a untar con lubricante frotando el mismo para dejarlo completamente humectado. ¡Mierda fisting!

Él puso varias cabeceras en mi cuello para que yo pudiera mirar hacia mi trasero, mientras se paraba justo junto a el y comenzaba a meter tres dedos, yo lloraba sin poder emitir ruido, moviendo mis piernas con desesperación por el dolor, el que se magnificó al ver como comenzaba a meter su puño completo dentro de mí, moviéndolo cómo si estuviera cogiéndome, nunca había pasado por algo así y a pesar del sufrimiento me esforzaba por no desmayarme ya que mi trabajo era aguantar, pero ver que su brazo se hundía en mi orto me superaba, realizándome la tortura por casi media hora para después volver a buscar la fusta golpeando mi pene, testículos, senos y piernas.

El deportista se notaba satisfecho, ya que ma había dominado de una forma que sólo había visto en películas, pero no creía tener que soportar en algún momento, mientras veía mi piel enrojecida por los golpes, lo que me dejaba tranquila es que no veía hematomas ni heridas, por lo que el equipo de Franchini había hecho bien en elegir los implementos, mientras mi torturador y violador bebía directo desde una botella de vodka, embriagado, psicótico.

Su risa era malévola, soltando las amarras de mis pies sin sostenerme por lo que mi cuerpo cayó en forma violenta contra la cama, luego comenzó a chupar mi verga dándole pequeños mordiscos que me producían dolor, metiendo una pastilla en mi boca para después volver a ponerme el bozal, el químico que me dio tenía altas concentraciones de viagra, por lo que mi adolorido pene se erecto, produciéndome aún más dolor que el que tenía, mientras el tipo se volvía a subir sobre mi para meter mi verga en su culo y comenzar a cabalgarme mientras sus manos apretaban mis tetas con fuerza y golpeaban mi cara, se movía furioso, al fin de cuentas, eso era lo que parecía estar buscando ya que gemía mejor que una mujer, notándose por la facilidad de la penetración que su culo había pasado por varias vergas antes de llegar a mí.

Él era un pasivo no asumido que con violencia intentaba de demostrar que era un macho, pero por sus gritos no parecía ser más que una perra, hasta que acabe dentro de su culo, justo a las 5 AM, el se mostraba feliz, por lo que se levanto de pie sobra la cama para sacar mi bozal y sentarse en mi boca para dejar que el semen de mi culo cayera dentro de ella, luego cerro mi boca con sus manos viéndome obligada a tragar. Luego, fue al baño y me dejo atada a la cama, antes de vestirse saco mi bozal y me hizo abrir la boca para orinarse en ella, luego se vistió, me dio una palmada en la cara, retirándose de la habitación dejándome atada y humillada en la cama.

Franchini llegó a socorrerme, me desató, me llevó a la ducha y mojando todas sus ropas me baño mientras me sostenía, yo me desmaye en ese momento. A las diez de la mañana me desperté en una playa privada, con un bikini hermoso y con un tragó al lado de mi mesa, me sentía mejor y en la reposera justo a mi lado, la hermoso Franchini me observaba y me sonreía, mi hermosa Jefa Shemale se había tomado el día para estar conmigo, en el lugar privado sólo para las chicas más importantes del lugar.

- Alexia, mira la playa, es el paraíso. No siempre las cosas resultan cómo una quiere, te admiro, yo no hubiera aguantado toda la noche las barbaridades de ese tipo cómo lo hiciste tú, no dormí nada con el equipo cuidando de que no llegara a límites peores, si eso hubiera ocurrido, no dudes en que te hubiéramos sacado de ahí.

- Franchini, me imaginaba que estabas cuidándome a la distancia, sólo eso me hizo aguantar.

Ambas mirábamos a la playa, mientras mi Jefa me tomaba de la mano y me desnudaba y ella hacía lo mismo, invitándome a ir a bañarnos.

- Ahora a descansar querida, te espera un futuro luminoso, eres la única chica con la que creo podría llegar a tener una amistad sincera en este lugar, si alguien tuviera que reemplazarme algún día me encantaría que fueras tú, estate tranquila que te preparare para llegar a ser quien maneje este lugar, ahora vamos al agua.

OTRAS OBRAS DE UMBRELLA RAINBOW EN ESPAÑOL

Ellos son jóvenes universitarios que buscan sus primeras experiencias con hombres experimentados y que saben hacerlos llegar hasta el límite.

Disponible en Kindle unlimited, Kindle e-book y Kindle físico.

Las historias de vida de Amanda, Tiare, Kyara, Keyko, Mandy, Candise, Bambi, Salma, Dyana, Maggie, y bebé tienen algo en común, Todas ellas son niñas transexuales que han tenido que pasar por una vida compleja para la que no nacieron con el cuerpo que querían y la realidad de sus sentimientos. Sus crónicas nos muestran el lado erótico de las diferentes situaciones que cada uno de ellos ha tenido que soportar para hacer un como las mujeres que siempre quisieron ser. Disponible en Kindle unlimited, Kindle e-book y Kindle físico.

La primera cogida con otro hombre sin duda marcara ti historia de ciertas formas, sin embargo, con el tiempo, tú te darás cuenta de que dependiendo de la pareja hay muchas primeras veces en el sexo y la idea es no frustrarse. Aquí el relato y consejos en base a mis primeras veces con distintos hombres jugando distintos roles, para llegar a un consejo práctico para un inicio menos nerviosos.

Disponible en Kindle unlimited, Kindle e-book y Kindle físico.

Umbrella Rainbow trae la primera trilogía de Chat con las compilaciones Chat, Versión Sumisa y Travestis, la que recopila las primeras tres obras de la serie en un solo libro disponible sólo en formato impreso. Conversaciones reales, duras, explicitas y acaloradas, las que sin importar condiciones sexuales hablan de la morbosidad y carácter animal que tienen los humanos al interactuar y hablar de sexo, una recopilación imperdible para una serie que prepara varios capítulos más. Disponible en Kindle unlimited, Kindle e-book y Kindle físico.

Made in the USA
Monee, IL
14 September 2022

14003222R00052